翻山记

陈果 著

四川文艺出版社

图书在版编目（CIP）数据

翻山记 / 陈果著. -- 成都：四川文艺出版社，2022.10
ISBN 978-7-5411-6402-6

Ⅰ.①翻… Ⅱ.①陈… Ⅲ.①纪实文学—作品集—中国—当代 Ⅳ.①I25

中国版本图书馆CIP数据核字（2022）第176542号

FAN SHAN JI
翻山记
陈 果 著

出 品 人	张庆宁
责任编辑	程 川　周 轶
封面设计	叶 茂
内文设计	史小燕
责任校对	蓝 海
责任印制	桑 蓉

出版发行	四川文艺出版社（成都市锦江区三色路238号）
网　　址	www.scwys.com
电　　话	028-86361802（发行部）　028-86361781（编辑部）
排　　版	四川胜翔数码印务设计有限公司
印　　刷	成都勤德印务有限公司
成品尺寸	140mm×208mm　开 本　32开
印　　张	7.25　字 数　190千
版　　次	2022年10月第一版　印 次　2022年10月第一次印刷
书　　号	ISBN 978-7-5411-6402-6
定　　价	39.80元

版权所有·侵权必究。如有质量问题，请与出版社联系更换。028-86361795

目录

达瓦更扎 ... 001
新龙门故事 ... 053
凉山少年 ... 099
一条路走过的路 ... 157

我还会回来的（代后记）... 224

山有恶虎盘踞，行必蜗步难移。因如是，川西一带，惯以难克之敌、难越之境，谓"老虎山"。

翻"老虎山"，拔丁抽楔、斩关夺隘是也。

虎之恶，贫困在前，无出其右。

——小引

达瓦更扎

[词条] 达瓦更扎

[释义] 嘉绒藏语,意为"美丽的神山",坐落于四川省宝兴县硗碛藏族乡嘎日村境内,是一处天然优良牧场,最高峰海拔约三千九百米。以三百六十度观景平台著称,地势陡险,视野开阔,既可环顾北面的四姑娘山与夹金山、南面的帕格拉神山、西面的贡嘎群峰等名山,也可观赏云瀑、草甸、森林、湖泊、峡谷、藏寨等胜景。

[校勘记] "释义"为达瓦更扎"通天路"竣工后添加。垫资修路的江措是村支书,也曾是中纪委案头的被举报对象。

牦牛背

老师问起长大后的理想,盘旋在他脑海上空的,竟然是一只乌鸦。

喜欢乌鸦，是因为乌鸦长着一双与天齐高的翅膀。当一道黑色闪电撕开天幕，如铁如砧的山脊瞬间变得绵羊般温驯、云朵般柔软。每每此时，在他安稳如山的表情下，却澎湃着一条奔腾的大河：

牯牛背，你咋不张狂了？

城墙岩，啥叫"魔高一尺，道高一丈"，这下知道了吧？

杀人不眨眼的向阳沟，现如今，也让你尝尝被踩在脚底下的滋味！

收起你不可一世的气焰吧，将军山！

……

一个饱受欺压之人面对强敌却无力还击，对于路见不平的一声怒吼，对于将宿仇打翻在地的一记重拳，对于否极泰来、扬眉吐气的一刻，实在是深入骨髓的期待，是心灵史上绕不过去的一笔。在这一笔还隐伏在某个不可知的角落，有待用承受更多压迫作为偿还的时候，除了让潜生暗长的力量静静蕴蓄，同样重要的，是在意念之中，与快意江湖的英雄结交为精神的盟友。这，便是一只乌鸦于他的意义，一双翅膀托举的力量。

那时的他还是懵懂少年，却早已走出父母荫庇，越过深峡与激流，走进林海或草甸，在身子折叠、打直的交替间，俯瞰被生活之手揉搓得皱皱巴巴的光阴，仰望被云层遮掩的世界，或者让目光爬行在路上，爬行在一个个青面獠牙的地名之上：一线天、牯牛背、茅竹棚、彭湖湾、小泥湾、大湾、干沟、五道槽、向阳沟、双海子、小沟、城墙岩、磨石背、大阴山、小阴山、拱山、将军山……

他相信大山有灵,他看见每一处山峰溪谷都以高冷的姿态逼视众生。从十二岁的那个夏天出发,每逢寒暑假,他都背着口粮走在路上,走进从那些地名背后投射过来的险境,然后随时防备着,化了身形的魑魅魍魉,给予他防不胜防的一击。就像那年在一线天,一块差点砸中头颅的滚石赤裸裸地挑衅他;就像那次,形如牯牛的山梁差点把他抖下"牛背";就像每一个冬天,城墙岩河沟里,桐油凝对他饶有兴味的戏弄;就像那个大雨倾盆的夜晚,他孤身一人在岩腔下心惊肉跳挨到天明……那是多么漫长的一条路啊,走啊走,走过一年又一年,却怎么也走不到尽头。

迷漫大山的时光,也有一鳞半爪的美好。

冷不丁的,就会与大山里的精灵不期而遇。野鸡、贝母鸡、小熊猫、川金丝猴,还有憨憨傻傻的大熊猫,有时只是在眼前一闪而过,有时也会使个性子,不远不近与你对视,只差开口说话:山到无涯你做伴,缘分啊。待各自走远,分明感到,它们纤纤的小爪或肉肉的大脚,仍在心窝子里不停抓挠。

像一群没有心事的孩子,山上的花开得自在逍遥。杜鹃是春天的使者,红的、黄的、粉的,从山脚追到山顶,喧闹声撒了一地;覆盖一整个夏天的格桑花恣肆放纵,宛若开怀的村姑,笑得花枝乱颤;秋天的野菊花是应景的,清雅、素净、谦抑,不似冬天的蜡梅,在天凝地闭间举起一树黄灯笼,摆明了要与冰雪的锋芒来一场真刀实枪的对抗。花语收束之处,野果子粉墨登场,草莓、樱桃、李子,还有叫不出名儿的浆果,滚动在灌木林里,或是草棵子的中间,歪打正着地唤醒了一只眯眼假寐的贝母。

贝母,光名字就好听,长得就更是别致,"一匹草"也好,"树儿子"也好,"长巅子"也好,"灯笼花"也好,看脸,全然不像一个妈生的("灯笼花"就更任性了,有单灯笼、双灯笼、甚至五六灯笼),在厚厚的土层下游丝般缀着,见了天日,却都是一粒玲珑珠贝,白得晃眼,像刷得很好的牙齿照着太阳。运气好,十天工夫,他可以挖上七八斤贝母。羌活价格也还不错,黄芪好找一些,大黄遍地都是,运气躲起来的时候,它们会冲他挤眉弄眼。药材挖回炕棚,沿炉坑一圈摊开,用火烘干。杜鹃枝柯和一种叫"石板"的柴火是现捡来的,湿气重,让火苗也显出菜色。火点燃就可以做饭了,水一开,捏成芸豆大小的玉米疙瘩扑通扑通跳进锅中。菜蔬不缺,出棚子就是。春天里,山油菜、山白菜、笼包尖、蕨菜,嫩得指甲还没碰到,水倒先出来了。夏天里,食材就更加丰茂,鹿耳韭、鹿耳葱、山芹菜、山韭菜、黄花菜,走秀似的,光鲜亮丽、光彩照人。白露过后,春夏之味就沉降在了林林总总的菜干里,让秋冬季节也不显枯索。

除了盐,除了玉米疙瘩的粗粝,除了若有若无的猪油味道,盘绕味蕾的,大约只剩下大山的气息。山野的血液在野菜的花叶根茎里流淌,涩涩的、苦苦的、甜甜的、腥腥的,更多是苍凉、寂寞和顺着山峦沟壑跌宕起伏的忧伤。挖到的药材卖了钱,就有了报名时的学杂费。若是学费挖不够,鼓荡在书包里的,便是父亲母亲浑圆饱满的叹息,像云像雾又像风地包裹着自己。不止一次,当他和衣在火坑旁蜷缩下来，起初钻进鼻孔的还是从中药房飘过来的芜杂气味，倏尔间，鼻腔里一根通往中枢神经的管道传来了黏滞、晦涩、干燥乃至火星四溅的危险信号。火苗引燃药材，他滴落在大山上的汗水差不多在眨眼之间就化为无形。

好在多数时候是满载而归。肩背烘干后的几十斤药材，凌晨三四点钟起身，从将军山到一线天，十多个小时连成一条路，通向十天半月前出发的地方。满脚的血泡、从高处跌下时扎进身体的疼痛、印在双肩的背篼棕绳的轮廓，就生活的残酷与驳杂来说，都还算不得最有力的证据。相对于后来的生活，这些只是预热，就像炕棚火坑里的温度，只有历经过九蒸九焙的贝母、黄芪、黄连才有最为深切的体会。

后来，他的生活更加孤寂了。初中毕业，他开始上山放牧，从三四头到七八头，大山深处，那些牦牛是他最亲密的朋友。放牛的同时挖药，牛角挂在云层上，他手上的小锄头挖出的是一朵朵的云窝。有时几天里看不见一个人影，除了对牛谈心，他日日和花草对话。

他说，牛儿，你快点长嘛。

牛说，我一长大，就被你们卖了呀。

他说，野草莓，你长这么小，是不是怕我发现了？

草莓说，就算我长再胖，你的心思也不会在我身上。

他的心思去哪儿了呢？挖不完的山药，填不平的穷坑。向大山讨生活的人，一旦被贫困抛进深山，就成了一朵花、一棵草、一丛杜鹃，让自己根须向下、向下、再向下。淫雨骄阳下在挖药，罡风寒霜里在挖药，雨雪装满了鞋筒、太阳烤焦了皮肤、星星缀满了夜空，他的小挖锄仍如小鸡啄米，不知疲倦。能让他解除劳形的只有极度的疲乏，或者不远不近处传来的一声狼嚎。

2017年7月1日正午时分，这个叫杨朝军的男子和我并肩坐在达瓦更扎的巅峰地带，用目光翻阅一道道沟壑、一座座山。往日岁月被他的目光重新擦亮，正如山脚碧波万顷的硗碛湖，烈日照耀下，每一道波纹都有一个刻骨铭心的故事。

初中毕业那年8月，城墙岩，一株长在悬崖边的黄芪夺去了一条十六岁的生命。那个叫王良勇的初中同学曾经和他相约，有朝一日，就是爬，也要爬到首都北京，亲眼看一看天安门。天气好，从硗碛湖仰望，达瓦更扎顶峰就像天安门城楼，当地人因此将其叫了"北京山"。都说城墙岩是个中药铺，然而，正是因为城墙岩，每每触景生情，"北京山"就成了杨朝军心中的隐痛。

那年从将军山剪完牛毛，回家路上，李世云在向阳沟跌进命运的黑洞。一场大风是这桩命案的同谋，自那以后，向阳沟在牧民眼中就变得邪性了，打那经过，没有人心里不横陈着一大片阴影。

还有迷路后冻死饿死的。嘎日村地广人稀，拱山连着甘孜州两河村，草棚子沟往北，越过夹金山顶，是阿坝州小金县地界。山里气候诡谲多变，刚刚还晴空万里，眨眼又阴云密布。刮风下雨还好，有时偏是一山云雾兜兜转转，让人云里雾里，迷蒙不知归处。这样的情形在冬天发生就要命了，因为霜刀雪剑从来不懂得手下留情。

二十五年前的一段往事，就像一枚打进记忆的铁钉。时隔多年，夜深人静时，杨朝军常常能看到金属与骨头擦出的火花。

那年8月中旬里的一天，杨朝军从城墙岩赶着四十三头牦牛往二十公里外的硗碛场镇走。这是他头一次做牛贩子。在牧场收购牦牛，价格比山下低三分之一，这原本是一个善意的提示：山高路险，赶牛下山，对人对牛，从精神到肉体都是一场历险。可这桩买卖杨朝军做定了，他不愿意被一方草甸、一把挖锄绑架终生，他对拦在面前的老婆阿占说，要是不知道蹬踏行走，人和那些牛啊羊啊又有啥子两样？

一年四季里天马行空、不拘形迹，就连人也会变得桀骜不驯，何况牦牛。牛群随着季节轮回、草场荣枯迁徙流转，出于对胃的臣服和对食物的敬重，只要有一条小路，只需主人一声吆喝，它们便会俯首帖耳，听任调遣。和甘心情愿的转场不同，8月里遍地好吃好喝的，城墙岩气温再舒适不过，却要把它们赶下餐桌，赶出大自然的空调房，从一条陌生的小路赶向一个陌生的地方，它们不干了。野性自嗅出危险气息的那一刻醒来，六七个人花了半天工夫才把几十头牛赶到牦牛背附近。这时，斗智斗勇耗掉的精力把牦牛一头头摁倒在地，而起先还仗着年轻想要一鼓作气拿下牦牛背的小伙子们也无不四肢朝天躺在地上，等待体力和信心重新归位。吭哧吭哧的喘气声是牛的，也是人的，每一头牛和每一个人的心事都在广阔的天幕上纵横驰骋。十几岁时，杨朝军每一次上山前都会花两天时间做行前准备，其中差不多一整天用来给自己打气：这一路最陡最险最难走的无非牦牛背了,"过了牦牛背,贝母起堆堆",总不能看着银子化成水。想到这儿,他心里有了一丝连自己也感意外的悔意,这次毕竟花了大价钱,毕竟是一群牦牛下山,毕竟从小听着一句老话长大:上山容易下山难!

又一轮较量展开,当他和伙伴们拿起棍棒皮鞭,意想不到的一幕发生了。牛群齐齐逃离预设路线,向着一片灌木奋蹄狂奔。灌木后躲着一道悬崖,掉进深涧的八头牦牛,要么脑浆迸裂,要么犄角断折,要么肠肠肚肚涂了一地。

那一天,一线天峡谷里,又有两头牦牛被湍急的河水卷走。

坐在高高的"北京山"上,杨朝军对我说,心里那个痛,到今天并没有减轻多少。恰是这时,山风呼啸而来,巨大的风鸣让我一阵战栗。

江 措

"牦牛背"事件有一个出乎意料的尾声:虽然损失了十头牦牛,杨朝军这一趟买卖居然没有折本。一个叫杨亚军的洪雅人救了他,换句话说,杨朝军把一路上的损耗成功转嫁到了杨亚军身上。

话说杨朝军垂头丧气地走在路上,迎面走来了雄心勃勃的杨亚军。后者是专业贩子,平素里倒买倒卖黄牛、水牛,却从来没和黑乎乎的牦牛打过交道。也许只是见面三分熟的性情使然,两"军"相遇,亚军冲朝军笑道:这群牛值不少钱吧?

是啊，六七万嘞。杨朝军没有乱说，买这群牛的确花光了他借来的六七万元。至于这一路上的折损，他没必要、也没心情向一个陌生人说道。

算盘珠子在杨亚军脑子里噼里啪啦响过之后，他的脚迈不动了——随便瞄一眼，这些牦牛一头也有四五百斤，转手一卖，搞头不小。

要不怎么说隔行如隔山呢。杨亚军哪知道一头牦牛半身毛，张口就说，六七万倒给我如何？

一个愿打，一个愿挨，杨朝军求之不得。

以后的很多年里，话一投机，杨朝军就会给人讲起这段龙门阵。他说，我从坑里爬出来，却把人家推了进去。他说，不那样做，我可能好多年也翻不了身。他说，后来我又买了几批牛倒给他，一分钱不赚，直到他把损失弥补回来。

学成出师之后，杨朝军和牦牛背彻底做了了断。土豆、芸豆、玉米、山药，啥生意不是做啊，再小打小闹，也比当"亏老板"强。要说他也真是块做生意的料，几年下来，手上竟有了不小一笔积蓄。有人邀他杀回马枪，杨朝军头摇得差点和脖子分开来过。

说到底杨朝军和牦牛的缘分并未了断。2004年10月的一天，他无意间听说本县明礼乡东拉山上，一个外省老板和本地牧民联袂经营的牧场因合作中产生龃龉，牧场要打包转让。杨朝军和大哥杨朝安一合计，联手拿下了二百四十五头牦牛、三万亩草场。

牧场经营顺风顺水，偏偏这时，他要撤了。大哥急出一身汗：

你是哪根神经短路了,还是脑壳被牛踢了?

不是,都不是。

总要说个一二三噻。要不,别人还以为我们兄弟两个跟他们一样,整不拢堆。

事到如今不骗你,我要回去竞选。

要是我没记错,《竞选州长》的主角是马克·吐温。别不知天高地厚,你不就是一个弱牛温吗?

话说得那么难听,还是不是亲兄弟?

问题是,就算竞选乡长,你也不够格呀!

村支书。村支书总可以吧?

大哥以为他在说梦话:村支书一年能挣几个钱,醒醒吧你!

他也不再贫了,一本正经地说:任谁腰包再大,也把世界上的钱装不下。我回去竞选,是要了个心愿。

大哥怔怔地看着他。他的目光却在一道高冈上漫游:修路,架桥,让村里人走出穷坑,告别"光灰岁月"。

哪里来的光辉岁月?

"光灰",光是灰尘。你晓得的,我们村里那路……

说起容易做起难,你有那个能量?

有也不一定!

由你,江措!要是没选上,或者路修不下去,你随时回来。江措是杨朝军的藏族名字。

修不下去也不来了——羞人!杨朝军一句话就让大哥看到了他

的决心。

时隔十年,当兄弟二人掏心掏肺的对话从时间的回音壁上反传过来,我依然听得目瞪口呆。杨朝军,这个只有初中文化的藏族汉子,这个从小到大与牦牛为伍,只见过头顶上那片天的地道牧民,如果不是吃错了药,怎么会做出如此令人费解的决定?

是的,他已经说过了,修路,架桥,让村里人走出穷坑,告别"光灰岁月"。然而,杨朝军这一句话,根本无法回答继而在我脑中生成的问题:一个满山是宝、遍地牛羊的村庄,能有多深的穷坑?更何况,就算这个1034人的村庄家家都到了揭不开锅的地步,跟你一个平头老百姓又有什么关系?

如果不是第二天误打误撞来到王开全家,弥漫在我心中的谜团也许永远无法散开。那天下午,看见悬挂在一幢藏居外墙上的"精准扶贫明白卡",我走进了这个五口之家。王开全算得上形销骨立了,烈日暴晒下,脖颈上的青筋成了身上最突出的部分。他正往挖了一半基脚的牛圈里搬运石头,每一步都走得踉跄,让人忍不住担心,手上石头一旦放下,他就会被大风刮走。一问方知,王开全得了干燥综合征,端水喝都嫌杯子重,可是家中大人都有病在身,读大一的女儿眼看就要辍学,十一岁的儿子周末和假日里也被当成劳力支使。他说,要是我手一摊,这个家可就垮了。正聊着,女主人从医院回来了。王开全问:看了没?答:看了,相当于没看。问:咋的呢?答:医生说要抽血化验。问:你又心痛钱了?老婆反问:又没有,拿啥来痛?

机缘巧合,那次采访结束,我邂逅了北京某文化公司董事长杜女士。听说王开全一家情况,杜女士表示,公司设立有公益助学基金,如果符合章程,可以考虑帮孩子完成学业。听到我传过去的消息,杨朝军高兴得不得了,一口一个感谢。我禁不住问,王开全是你什么亲戚?他说,说不上太亲,但我们藏族有句谚语:"没有木头,支不起房子;没有邻居,过不好日子。"低头不见抬头见,天长日久,七拐八弯,村里人就都沾亲带故了。

两天后,我收到杨朝军托我转发给杜女士的微信:

我叫王×芳,家住宝兴县硗碛藏族乡嘎日村嘎日组39号,现在成都职业技术学院读财务会计专业。由于专业的特殊性,每年要学费一万六千元、住宿费一千元、代管费五百元,以及生活费等费用。

我家有五口人,分别是爸爸、妈妈、外公、弟弟和我。靠一点农作物收成和卖点家畜谋生,这样的收入只能勉强维持生活。"5·12"地震中房屋受损,在重建补助和贷款支持下,住房没有问题。

爸爸今年四十六岁,常年关节痛,2014年在成都华西医院确诊为干燥综合征,无法根治,需要长期服用药物,药费每月要八百元左右。早已丧失劳动能力的他,不顾病情,不给自己买药,为我节省学费。爸爸近两年一直想修建一个牛圈,养牛卖牛,供我读书,由于建材太贵,进展太慢,近日才开始自己用石头砌墙。他想尽办法,用他的方式支持我,却不曾想到过他自己。生活压力使他的病情愈发严重，他还不肯给自己买药，对在外读书的我，也只用谎言隐瞒，不让妈妈跟我说他的病。好心疼爸爸。

妈妈今年四十五岁，去年在雅安市医院确诊患有中耳炎，听力下降，因考虑手术风险及手术后又会复发，至今还未手术。为了我和弟弟好好学习，她豁出去了自己的全部。

外公六十六岁，年事已高，患有扩张型心肌病，以及肺气肿、高血压，长年需要药物控制。

弟弟今年十一岁，就读于硗碛小学四年级，住校，每周末回家一次，回家就帮妈妈干农活。

因为以上种种原因，我曾有好几次想过放弃学业，可爸爸凶我说："我还没死呢！"无可奈何的我只有默默流泪。父母把最大的希望寄托在我身上，把所有一切都给了我和弟弟。我现在唯一能做的就是好好学习，不辜负家人对我的期望。进入大学，我申请了大学生生源地贷款八千元，助学金四千元，勉强能凑上学费。我也很想为父母做点什么，但除了少跟家里要钱，放假时做做兼职，再也无能为力。我希望赶快毕业，找到工作，缓解家庭的经济压力。希望爸爸不用为了供我读书而不吃药、妈妈的压力减轻一点、弟弟的童年是天真快乐的、外公能安度晚年，也希望我的每一天都积极阳光。但是，高额的学费、每月的药费加上生活费，我家现已贷款五万左右，压力无比地大，感觉没有安全感……

一定替嘎日村人谢谢好心人！微信对话框里，杨朝军给我传来一句话。缀在叹号后边的，是一串红彤彤的玫瑰。很多百思不得其解的疑问，往往就是因为风马牛不相及的场景触发得到的答案，就像砸在牛顿头上的苹果，就像那只让阿基米德如有神启般的灵感浮出水面的浴缸。的确，那串耀眼的火红在无声之中，理直气壮地向我揭示了躲藏在十年前那个让人感到不可理喻的选择背后的理由：今天尚有如此困顿的生活，可以想象，当年的嘎日村，生长着何等绵密的艰辛。杨朝军曾经也是一个孩子、一个学生，今天王×芳进退两难的彷徨，极有可能就是他当年内心挣扎的翻版，甚至重现。

回到竞选现场。两个竞争对手都是有备而来，志在必得。一个主打教育牌，"百年大计，以人为本"；一个高唱发展歌，"农林畜牧，齐头并进"。也真够为难村民们的，在两人中间挑一个已难分难舍，偏偏还有个给自己断了退路的杨朝军。

虽然志在必得，开口一句话，杨朝军还是隐藏起了自己的"野心"。他冲台下黑压压的一群人问：脱贫致富奔小康，傻子都想。但我们得想有用的——到底怎样，才能挖掉穷根？

有人尖着嗓子说：动手操家伙，拿锄头挖噻！

明明是一个不正经的玩笑，却让杨朝军顺势当了向前的台阶：说对了，我们就该搞个"筑路行动"，学习愚公移山，挖出一马平川。

顺着话头，杨朝军说，"筑路行动"分两步走：第一步修建通组路、入户路，让大家下地出村不再高一脚矮一脚；第二步打通牧场路，为脱贫致富打基础。他把演讲重心放在了第二步：村里差不多家家都养牦牛，转场、剪牛毛，加上喂盐和日常看护，一年少说要去牧场七八趟。遇上天气不好，找不到牛，在牛房里一住就是十天半月。山高路险，八抬大轿也难把牛贩子请上山。三四年工夫才养大的牦牛，千难万险赶到场上，人家还爱理不理。山下气温高，牦牛习惯了低温环境，热出病来，价格垮得更快。伸头一刀，缩头也是一刀，只有乖乖让人牵着鼻子走。房前屋后的玉米、土豆、菜蔬全靠人背马驮，想换几个零用，豆腐盘成肉价钱。要是把公路修到牧场，修到一家一户，牦牛卖与不卖，得看咱心情好与不好。至于上山看牛，瞅准天气，一早出发，牛在哪条沟哪道梁，像和尚头上的虱子一清二楚。腾出来的时间，种地挖药打零工，只要舍得吃苦，到处都有钱捡！

正说得带劲呢，一盆冷水朝他泼了过来：见多了弹花匠的女儿，牛皮推的火车，还是头一回见！

到底阅历浅薄，杨朝军一下乱了阵脚：这，这，这……我可是山上滚石头，实（石）打实（石）地说。

实打实？你吹牛皮的唾沫星子倒是耳根子都给我们打湿喽！不知谁来了这么一句，逗得人们哂笑一阵，喧腾一阵。

很有一点置之死地而后生的意味，杨朝军说，又不是上天摘星星，只要想干，哪有干不成的事？想当年，红军身披单衣，脚穿草鞋，还不是照样翻过了夹金山！

说到红军，说到夹金山，先前闹哄哄的人声如同顽皮孩子见了大人般安静下来。嘎日村拱卫在夹金山下，自从有了这个雪山下的村庄，大约也就有了这样一首民谣："夹金山，夹金山，鸟儿飞不过，男人不敢攀，要过夹金山，除非是神仙。"然而，1935年6月18日，刚刚突破天险大渡河的中央工农红军打破神话，把北上征途中的第一座雪山踩在了脚下。为感谢藏族同胞倾力襄助，毛主席亲手将一支枪托锃亮的步枪送给了村民王素珍。虽说老人1989年将枪交给了县人武部保管，但红军神鹰般的风骨精神却由此融进了硗碛藏乡口口相传的历史。

杨朝军没想到自己会提起红军，就像没想到高蹈在历史天空的神鹰会成为逆转颓势的救兵。在台下宽广的沉默中，他看到人们的目光从浑浊变得清亮，看到先前绷得嚓嚓作响的一张张脸变得柔软活泛。

然而此时，想要胜券在握，杨朝军面临的拷问还有很多。

有人担心：嘎日村辖区面积两百多平方公里，城墙岩、草棚子沟、达瓦更扎三个牧场都不通公路，两百多户人中，到现在，把路修到家门口的也只有二三十户。等你东一段西一段把路修通，我这把老骨头在不在还不一定呢！

有人怀疑：馍是面做出来的，路是钱铺出来的。馍都不够吃，哪来钱铺路？

有人更是只差要杨朝军白纸黑字写保证书了：铺路架桥，不能靠三分钟热情。要是只想拉完选票过官瘾，现在收手还来得及！

……

在"中药房"浸淫多年，良药苦口的道理，杨朝军再懂不过。

因此，不管谁在说、说什么，他都表现出前所未有的大度和谦卑。当台下的人都不再说话，他以出其不意的冷幽默结束了自己的演讲：

赶上山的牛吆得下山，选上来的人也就撵得下台。想看笑话的，把票投给我吧！

达瓦更扎

天幕低垂，一头牦牛昂首飞奔。当尖利双角高举着腾空的意志刺穿穹顶，也许连这挟风掣雷的顽主也说不清楚，面对那道峻拔高冈，它不惊不乍、不管不顾地纵身一跃，究竟是巨大的惯性使然，还是血管中的殷红液体原本就是为疏狂的征服而沸腾。

就像从宿醉中醒来后被酒后失言的愧悔推进自责的深渊，竞选成功的喜悦雾气般散去，杨朝军意识到，自己慷慨激昂的演讲，自命不凡的拉票，简直就是作茧自缚，就是亲手挖坑把自个儿埋掉。杨朝军心里有一面鼓咚咚响着：要是不能从坑里爬出来，这个皮臊得可太大了。

杨朝军是就算掉个唾沫星子，也要在地上砸出个碗大的坑的那种人。竞选次日一大早，他找到村支书赵荣全，张口第一句话：我们修路吧！

赵荣全把一个搪瓷茶杯递过去：你多半还没吃早饭，一会儿将就整，玉米糊糊，荞麦饼！

以为对方没听明白，杨朝军把进门的话又说了一遍。像是迷失在了语言的荒野,好一阵后赵荣全才走了回来:还是先吃饭吧。磨刀不误砍柴工,这事不能太急。

杨朝军说:牧场路、小组路、入户路都等着修,光磨刀不动手,再硬实的柴也会等空花!

赵荣全仍是不急不躁:我就问你一个问题,钱从哪来?

杨朝军说:政府争取一点,大家拼凑一点。

赵荣全是欣赏杨朝军敢想敢干的这股子冲劲的,要不然昨天也不会想也不想就把自己那一票投给他。但是,村里修路的报告打过不止一次,从来都如泥牛入海。村民日子都不宽裕,要是让大家掏腰包,他第一个于心不忍——这可是,逼着牯牛要下崽!因此,他对杨朝军说:千万不能脑袋钻进去了,屁股还在外面。要是弄个虎头蛇尾,咋整?

我有个不出钱办成事的办法。杨朝军冲村支书笑了笑。

赵荣全望着他,半边脸上是狐疑,半边脸上是兴奋。杨朝军收起笑:先修"水海子"的路,只要大家愿意投工投劳,我的机具设备可以无偿支援。

说这句话是有风险的。杨朝军的采砂厂刚开办不久,放着票子不挣,把机具开到村上修公路,这算唱的哪一出呀。要是阿占死活不同意,把脸丢到家门外那还了得。

赵荣全担心的却是:要叫马儿跑,不能不喂草。机具加油的钱也有数算。

杨朝军早就想好了:钱大家先垫着,政府拨了资金再说。

要是政府没钱给呢？经验告诉村支书，这可不是杞人忧天。

算我的！杨朝军说得气吞山河。

听他这么一说，赵荣全的担忧愈发深重了：江措，腔不能乱开，话不能乱说。这件事，你最好还是回家打个商量。要不然……

嘭嘭嘭，杨朝军拿手在胸脯上重重拍了三下：尽管放心，就是一坨屎，我也把它吃了！

阿占果然没给好脸色看，杨朝军话一出口，就遭到她一顿数落。嘎日村三个组，嘎日，冰丰，丰收。嘎日是我老家，你在冰丰长大，都说近水楼台先得月，你倒好，胳膊肘往外拐，先把路修到丰收组的"水海子"。你不怕三亲六眷说你吃里爬外，我还怕人把脊梁骨给我戳断。

虽是笑着，杨朝军到底有些心虚：丰收是嘎日村的地盘，这不假吧！凭这，说上天去，吃里爬外的帽子在我头上也扣不稳。

阿占火气更大了：赵钱孙李，周吴郑王，凡事总该有个顺序。古人都说了，人不为己，天诛地灭。

杨朝军仍然是笑：古人还说了呢，要得公道，打个颠倒。要是脑子里想的念的都是自家一亩三分地，别人嘴上不说，心里也会把你这个村干部骂得一文不值。你总不能看着我说话没人听，干事没人跟，身价就像今年的毛猪价一样唰唰唰唰往下垮吧？

阿占紧绷着的脸松软下来：机具我家出，风险我家担，修出来的路却让别人先走，理解的说你在做好事，不理解的会怀疑你脑子里有病。

要不怎么说理解万岁呢？从今往后，我就叫你"李姐"！杨朝军冲内当家谄媚一笑，大步流星出门去了。

申请资金的报告还没上交，挖掘机的铁臂就伸了出去。丰收组几乎是全员出动，仅仅一个月，通向"水海子"的两公里毛路便从无到有。

两万七千六百元油钱是县交通局一年后划拨下来的。看村上跑得实在是勤，就在杨朝军准备打碎牙齿和血吞时，领导说，既然生米已经煮成了熟饭，这次给你们认了。不过有言在先，下不为例。

出门杨朝军就把这话忘到了脑后。嘎日组的"干海子"是全村海拔最高的聚居点，灾后重建的进程，被一条河沟、一道陡坡截断。仍是八字没有一撇，杨朝军袖子一捋说，干！

说巧也巧，"5·12"地震后，广安市对口援建硗碛，起先，听镇上领导讲起"水海子""干海子"修路始末，不管是村干部无偿提供机具设备、八十岁的老人扛着锄头天天出工，还是一支"长衫子队伍"挽起袖子打老虎，援建工作组领导都只当是天方夜谭。直到去现场走了一遭，又暗地里派人做了调查，援建方负责人才对杨朝军和投工投劳的村民佩服得五体投地。这位负责人找到杨朝军：礼轻人意重，"干海子"这条路，我们"表示"十万元。

这怎么要得！杨朝军说，你们已帮了硗碛不少，我们不能贪心。

对方面露难色：我也知道，通村公路的补助标准是每公里十万元。不足部分，容我们下来再想想办法。

见人家把他的意思理解错了，杨朝军又羞又急：够了，够了，多的都是!"干海子"这条路,一共只花了一万二。

那是大家垫的油钱。有一说一,你的机具设备也不能瞎忙活。

自己的东西要啥钱!这话我早说过,我总不可能把吐出的口水再喝回来。

杨朝军一分钱也没往自己腰包里揣。除却直接成本,剩余八万八全都归入了嘎日村"修路基金"。

如果说"干海子"让村民们看到了江措开山筑路的万丈雄心,"水海子"则像一面镜子,映照出他骨子里的一抹柔情。他的敦厚坦荡成为从嘎日村上空飘出的云朵,成为争取项目资金时无声胜有声的说辞。嘎日、冰丰两个组的入组道路,连同全村的入户道路在随后几年间遍地开花,杨朝军也在赵荣全考取公务员后,众望所归地成了嘎日村的新支书。

对于杨朝军和他的"筑路行动",真正的考验从他当上村支书才真正开始。虽说村庄面貌在不多几年里有了不小变化,村民们看他的目光也从竞选时的飘忽到如今羊群见了头羊般笃定,杨朝军心里还是有一只火把照着般的再清楚不过:入组入户的道路只不过改善了出行条件,要想钱袋子鼓起来,希望在牧场。然而,打通达瓦更扎、城墙岩、草棚子沟中的任何一条牧场路,工程量、技术难度和所需资金都不可同日而语,这也是之前赵荣全和他到县上、乡上跑了无数次,却次次无功而返的原因。有心迎难而上,可事情像滚油锅里捡金子——下不了手;按下不表呢,明摆着的结果,送信的丢邮包——失信于人。焦灼感像三伏天里火辣辣的太阳,炙烤得杨朝军寝食难安。

"4·20"芦山地震就是这时候来的。地震引发山体滑坡,宝兴县城南进北出的公路同时中断,救援部队被堵在路上。杨朝军带领人员和机具加入志愿者队伍,留下阿占的哭声在身后颤抖:你一天只晓得发"野脚疯",我家五层楼的房子成了危房你咋就不管?

先是抢通,后是保畅,杨朝军和他的两架挖掘机在硗碛至县城的路上蹲守了半个月,尔后,又开进了嘎日村同样被垮塌的山石扎得千疮百孔的村道。一个多月后,当地震扬起的烟尘渐渐散去,他的脑子里云开日出般生起一个念头:修通牧场公路,是时候了。

杨朝军心里明白,当初村民把选票投给他,其实是投给他信誓旦旦的一句话:修建牧场路,打通好日子。换句话说,如果竞选现场是一扇大门,那句铁骨铮铮的承诺便是打开门洞的钥匙。正因如此,几年来,当偶尔有村民有意无意间提起这事,当他越来越清晰地看到钥匙悬置在匙孔之外的部分在时间小锤的敲打下失去了往日的光泽,甚至有虽不明显但也不难觉察的变形,他能感到有一只名叫不安的虫子在身体内里摇头晃脑、张牙舞爪。色块般的高原红可以遮蔽脸部表情变化,但一个人就是掘地三尺,也难以逃过内心发出的追问。竞选时的慷慨陈词并非信口雌黄,当选后他也没有得过且过,可入组入户路的欠账需要偿还,通往牧场路的艰难也远远超出了当初的想象,扣在扳机上的食指只得一次次绷紧又一次次松开。这一次,他的食指弯起来却没法再打得直了,一种越是艰难越向前、不打胜仗不收兵的豪迈感,像一匹桀骜的烈马昂起了头颅。

是地震时没日没夜打通塌方道路后解放军官兵竖起的拇指支撑起他的热情、挖掘机铁斗铲起的土石砥砺着他的意志,还是面对灾难时五指并成拳的力量在铆足了劲地把他往前推都不重要了,反正,杨朝军已经吃下秤砣铁了心。

听说他要往牧场修路,阿占问,政府拨款有多少?

暂时还没见到钱。

重建规划总进了吧?

也还没有。

那你发啥神经?

打通牧场路,当初我咬过一个牙齿印。"人而无信,不知其可也",何况地震捅下的窟窿,不可能视而不见。否则,先不说脱贫了,大家只怕会在穷坑里越陷越深。

你都晓得的道理,莫非政府懂不起?

灾后重建千头万绪,政府也是抱窝鸡带崽,一时顾不过来。

你的意思?

还像"水海子""干海子",先上车,后买票。

说到两个"海子"阿占就来气:要不是遇到领导心软、广安援建,指不定那些钱都要自掏腰包。

不就三四万吗?看你紧张得跟天要塌了一样。

杨朝军本想借一个玩笑缓和气氛,没想到却是火上浇油。阿占的火冒起来了:不就三四万?要是别人听到,还以为你的脸胖得自然而然!三条牧场路,没一条轻易拿得下来。你在我面前"绷"一下也就算了,要是搬起石头砸了自己的脚,说你活该的,恐怕不止我一个。

事情没法再往下说。一抹笑意在杨朝军脸上荡开:逗你玩呢!乡上领导告诉我了,这条路不仅要修,而且要特事特办。

阿占脸上是"多云"天气:"这条路",哪条路?

达瓦更扎。

达瓦更扎?

达瓦更扎!

这我就想不明白了。你我住在冰丰,你两个姐姐也嫁到了嘎日。可是,通组路你从"水海子"下手,到了牧场路,你的魂还是往丰收组飘。哪个不晓得,达瓦更扎主要是丰收的人在放牧……阿占说到这里,喉口像有一堆石头堵着,再说不出话。

杨朝军头皮倏地收紧起来。"5·12"大地震那天,丰收组李道荣的女儿刚好生了小孩,小孩爸爸在外打工,家家户户都忙着自救,杨朝军头一个去了她家。不就帮着搭了一个棚子吗,那个女人没落下病,自己倒在阿占那里落下个吃着碗里想锅头的话柄。杨朝军假装没听懂阿占的话,只蜻蜓点水地说:上头定的。上头还说,三条牧场路,三条都要修。

这句话果然很合阿占的意。她说,但愿上边没骗人。

后来,阿占知道,她被骗了。

乡领导的确说过要为达瓦更扎修路,如果当天在现场,阿占听到的将是这样一场对话:

江措，你真的要马上动手，把路修到"北京山"？

是啊，我想趁热打铁，免得长麻吊线。

光是毛路，就算再节约，没有一两百万，这事也干不成。千万不能瞎胆大！

放心吧，我心里有数。

那么大一笔钱，莫非还是你一个人垫？

我垫。

村民们眼下都在扯指头。机具油钱和驾驶员工资莫非你也垫？

我垫。

报上去的项目县上还没批，要是最终弄"黄"了……

真要这样，就当做生意折了本。"生意"亏了，路是利润，一拉一扯，还是能抹平！

熟悉杨朝军的都知道，那是一头野性十足的牦牛，一旦撒腿要跑，没人拦得住。但是兹事体大，虽然自知是螳臂当车，乡领导仍然不想放弃最后的努力：吃亏做好事，不是你一个人说了就能算。

你是说阿占？

不光是她。你想，差不多二十公里路，占地补偿款得要多少？

"水海子""干海子"，也没人说过要钱呀！

"水海子"是"水海子"，"干海子"是"干海子"，达瓦更扎是达瓦更扎。路远了一二十倍，占的地多出一二十倍，做通大家思想工作的难度，自然也不下当初的一二十倍！

别说一头牦牛，就是一只猛虎，面对峭壁悬崖，只怕也会望而却步。乡领导正这么想，杨朝军却张口说道：就是一条暗河，我也要试试能不能游得出去！

"北京山"同丰收组、嘎日组呈三角分布，丰收、嘎日与主路业已连成"Y"字形，把路修到"北京山"，可以从左侧的嘎日切入，也可从右侧的丰收进发。无论从哪里切入，都是一场贪吃蛇的游戏——蛇头伸到哪里，哪里就有一片地要消失。征求意见，两个组的人既不表示欢迎，也不明确反对。路当然都想修，想到梦里去了。可这是一把双刃剑，都想拿在手上，又都怕伤及自身。杨朝军决定从嘎日下手。两个姐姐从小对他言听计从，说服她们不难。说服她们，也就在城墙上打开了一道缺口。可嘎日组另外二十多户人的工作做不做得通，一桶水在杨朝军心里晃来晃去：地是农民的命根子，要他们白白交出来，一分钱补偿都没有，还不相当于砸人家的饭碗、革人家的命？要一群埋头种地的农民同意革自己的命，这事悬，很悬，相当悬……

可他还是想试一试。

听明来意，杨应才、萨斯曼两口子脸上突然刮过一阵大风，把刚刚还大朵大朵的云彩吹得一干二净。真正难堪的是当杨应才从图纸上看到"贪吃蛇"窸窸窣窣向自家爬，脸一下就黑了下来。杨家有承包地二十多亩、林地百余亩，如果蛇踪不改，这当中的多半会被不吐骨头地吃掉！杨应才刀切斧砍说不，再劈头盖脸地数落杨朝军一通，都是杨朝军意料之中的事。可杨应才只低声说道：娃娃们长大了，这个家我做不了主，等我回头问了他们再回你音信。

杨朝军嘴角抽动几下，来之前准备好的一水壶话冻住了似的一滴也没倒得出来。这钉子碰得不可谓不瓷实，可他并不死心，起身往两百米开外的杨志中家一步一滑走去。头晚下过大雨，一尺多宽的小路坑坑洼洼，不是水凼，就是早被踩出糯性的稀泥。杨志中不在家，内当家泽娘卓玛开门就说，我知道你来干啥，你啥也不用说了，我们早商量过了。知道又碰钉子了，杨朝军站在门口，进也不是，退也不是。杨应才却在这时候开了口，他在电话里对杨朝军说，儿子和女儿都说了，牧场路功在当代、利在子孙，占就占吧。杨朝军激动得语无伦次：太、太、太好了！不过，不过我还是要把话说清楚，你家九亩承包地、七十多亩林地，一分钱补偿也没有！

泽娘卓玛早从杨朝军的电话里把意思听了个大概。她问杨朝军，会占我家多少地？听说占的十六七亩都是林地，她沉吟片刻说，修吧。杨朝军没想到她会一百八十度大转弯，认不得了似的睁圆了眼睛紧盯着她。泽娘卓玛说，我们家里边早就商量过了，只要占得比我家多的不拿话说，我们也没啥好说的。你劳神费力图个啥？还不是图着把大家往好路上领。

占地不少的杨应山、杨志华、杨明兰、彭连中、彭连高、胥明华几家听说杨应才、杨志中同意无条件让地修路，对于杨朝军的进攻，要么根本就不设防，要么只是象征性抵挡一阵。话再往下说就利索多了，只一个多星期，修路需要占到的二十余户人一百多亩地全部场清地净。

占地不要钱，出工不要钱，工地上滚落的石头砸伤了脚趾砸死了羊砸坏了围墙，也没人把脑袋往"钱"那边儿转过一点。杨朝军有两台挖掘机、一台装载机开到工地上，驾驶员工资和机具油钱都是他一个人垫着，他的两个姐姐家也都被占了不少地，他还跟没那回事似的，谁还好意思找话说？——泽娘卓玛的话，也是其他村民的心思。

路一开始修得顺畅，十来天后，杨朝军闻到了麻烦的气味。几户村民找到他，曲里拐弯的，就一个意思，这路还是打住为好。杨朝军先还不以为然，以为他们就是占了地心疼，宣泄一下，说说而已。后来被找得勤了，对方蒙在话面上的遮羞布也扯得差不多了，他才明白过来，找他的都是占地大户，他们是酒醒不见烤牛肉——悔之莫及。

天天一起出工修路，平日里被田坎隔着农事缠着的村民们山坡坡上的雨水淌进沟般汇聚一起，工间饭后免不了吹牛扯闲条，看着不久前活生生绿莹莹的庄稼地林地秃了顶般在太阳下晒着，地主人先前还硬挺着的心过了水的泥块似的涣散下来。凭啥？是呀，凭啥！凭啥丰收、嘎日共用的牧场非要从嘎日过不可，而丰收人多牛多，却一厘地都不损失？！杨朝军理解他们对命根子的疼惜，他也清楚，这是一种类似于城里人刷卡消费时不觉得心疼，等明白过来那一串数字已跟自己没了半点相干，恨不能再伸手压进卡中的心理。

事已至此，杨朝军也只有横刀夺爱了。

当初，你可是写了条子签了字的。无论谁来找，杨朝军都开门见山。他也暗自庆幸，要不是当初留一手，再长三只胃，这锅"夹生饭"自己也消化不掉。

对方火气果然如晒蔫的玉米缨子般缩回去一截,有的说也只怪当初七斤面粉调三斤糨糊——糊里糊涂;有的说我倒没啥,只是眼看着明年粮食产量少了多半,牛羊冬天回来也没地方放养,家里婆娘一哭二闹三上吊,心里泼烦;也有血缘近的亲戚本想说一开始没想到你真能干成这件事,眼睛一闭就签了,话到嘴边却拐了个弯:我为的也不光是自己,你往路上垫那么多钱,会不会都成了肉包子打狗?

就是这节骨眼上,挖掘机在一个小地名"来冬"的地方卡了壳。流沙连着岩石哗哗啦啦往下滑,碗口大的石头砸在动臂、斗杆、铲斗上,咣咣当当响个不停,挖掘机摇身变成了打铁铺。开挖掘机的师傅走了又来来了又走,杨朝军就地涨工资也留不住人。人家说,这就不是钱的事。家里上有老下有小,我得好端端回去!

见此情状,那些游说他终止施工的人找他找得更勤了,白天跟在屁股后,到了晚上,电话打过来,电量不干话不断。有天晚上,都凌晨两点过了,刚闭上眼,调成震动的电话嗡嗡抖动,吓得他以为地震再次来袭。

杨朝军终于熬不住了。何苦跟自己过不去呢?也许阿占说得对,人不为己,天诛地灭。

像当年经过十多个小时跋涉后放下装满草药的背篼,在决意终止施工的一刻,杨朝军有了一把纸扇就能把身子送到空中的轻盈感。他想把这个决定第一个告诉杨应才:你家占地最多却从始至终没有找我扯过皮，路不修了，但我杨朝军一辈子记得你的信任，佩服你的深明大义。从泥淖中拔出腿来的自在让他有一种久违的轻松，树上喜鹊喳喳叫着，他在心里骂，这声音真他娘的好听。拐过前面那道弯就是杨应才家了，这时，慢吞吞走在前面的一老一少挡住了他，挡住了他的快乐。

孩子是村里的。老年人他没见过，走亲戚的吧。他想绕过他们继续赶路，老人和孩子的对话钻进了他的耳朵。

嘎日村，这个名字是啥来头？

嘎日，在藏语里，就是有头有尾，有始有终。

如果老少间的对话到此为止，达瓦更扎的公路也许将就此中断。然而，偏偏在侧身超过他们同时，杨朝军又听到两句对话：

这个名字好。读书也好，干活也好，都不能爬到山腰摔断腿——半途而废。

我们老师也说过这个意思：开弓没有回头箭，不然就是费了马达又费电。

杨朝军在原地愣愣怔怔站了半天，像被人点了穴道。嘎日——有始有终——半途而废，这是多么痛的领悟！想当初自己咋说的，"赶上山的牛吆得下山，选上来的人也就撵得下台"。要是达瓦更扎的路成了半拉子工程，别人不赶，自己也该把自己吆下台去。下台事小，从今往后，这张脸放在何处？！正午的阳光从头顶泼下来，杨朝军朝眼前的影子狠狠踩了一脚。他嫌那块掩体太过狭隘，藏不下自己从头到脚的羞愧。

杨朝军三顾茅庐把挖掘机司机请了回来。让司机坐上驾驶台，杨朝军做了两件事：一是在反复勘察地形的基础上周密制定避险措施；二是自己跳上挖掘机，充当安全员。

挖掘机前臂一挥，缠着闹着要停工的声音自动过渡到静音模式。村民们用灭此朝食的干劲告诉杨朝军，这一回，只要你不喊停，我们的锄头、撮箕就不会回家！

两个月后，工程还是按下了暂停键。

村民代表手上的台账记得清楚，路修到这里，建材、燃油和驾驶员工资已花掉近百万元，这些钱每一分都是杨朝军自掏腰包。打仗离不开弹药，可是这时，杨朝军发现，后援断了。自家房子在地震中成了D级危房，将就硗碛水库划拨的安置地块，阿占正一手操持重建。由于计划中的回笼资金节外生枝，两个战场，几乎在同一时间弹尽粮绝。19.2公里路还剩8公里，杨朝军成了一台油门全开却冷不丁断了履带的战车。

转机来得如此突然。

停工两周后，打四川卫视来了一组记者，杨朝军和"通天路"进了他们的"蹲点日记"。正好坐在电视机前的中国扶贫基金会雅安办事处主任陈济仓坐不住了，经过实地调研评估，基金会协调国际美慈组织投入961112元，帮助杨朝军和嘎日村把路修到了山顶。

这条毛路，连接着一个更大的惊喜。

阿　占

嫁给杨朝军是自己一生里犯下的最大的错。两次去嘎日村采访，阿占都把这句话给我说了不止三回。有时候一边说，她会一边把牙齿咬得吱嘎作响，仿佛有个缩微版的杨朝军此刻就藏身在牙缝里边。

两个人是初中同学。初中毕业第二年，杨家请人提亲，阿占正喝水呢，差点没给噎着。这人虽说相貌还行，但个头长得节制。家里穷也还不是主要的，就凭同一间教室里坐了三年两人没拉过一句话，阿占就能想象此人是半个呆子。你看不上我，我还不稀罕你呢。阿占家条件好，老爹几年里开出二十亩山地，收获季节，白花花的芸豆让人眼红。杨朝军不想攀这高枝，而且那时节，他心里还藏着个人。可最终，他俩还是谁也没躲过谁。阿占老爹一身劲，除了种地还略有盈余。两个姐姐的亲事，就是被他用竹竿在身子骨上一手敲定的。阿占想，还是为他老人家省两根竹竿扶芸豆去吧，再说还有那么句话呢，聪明人自带三分熊样。杨朝军这边呢，心里住的那个人心里住的偏不是他，心里一空，阿占的容貌就挤了进来。想当年，一朵叫阿占的花，开在了多少人的心上。

除了第一次贩牛出了洋相，后来倒腾药材也好，买卖玉米、土豆、芸豆也好，承包工程也好，杨朝军差不多就不知道"亏"字怎么写了。最难得的是男人有钱不变坏，而且看样子也没想给自己变坏留机会。看他身上穿的就知道了，拿阿占的话说，土得掉渣。一双几十块的皮鞋，穿了几年还舍不得丢，连修鞋的师傅都叫苦不迭：杨总呀杨总，难不成是在考我手艺？

说杨朝军"会挣钱不会花钱"那是冤枉他了。只有阿占知道，他"手散"起来，吓得死人。

事情从2008年5月12日，也就是汶川特大地震那天讲起。全省二十一个重灾县，宝兴是其中之一，嘎日村在全县受灾最重。地震后，正在雅安办事的杨朝军第一时间心急火燎往回赶。S210线桦桤林段大面积塌方切断道路，他弃车步行，于13日早上六点赶到嘎日。只回家看了一眼，他就人间蒸发了似的见不着人影。当时，S210线成为通往汶川的生命线，安顿好村里的残疾人、五保户和有特殊困难的群众，杨朝军带着两辆装载机、一辆挖掘机和几十个村民连日奋战在夹金山上，义务为过往救援力量提供交通、餐饮保障。5月18日晚，为准备次日干粮，杨朝军驾车冲进瓢泼大雨中，经过波日沟道班附近时遭遇岩体垮塌，车身被砸出几个坑。6月2日，"失踪"多日的他终于回到家中。阿占憋了一肚子火：过渡房搭在路边上，湖水只差几米就要漫上来，一家老小每天光吃灰尘都能吃个半饱了，这个家你到底还要不要！可杨朝军的话抢先说了出来：家里还有多少钱？阿占那天身上只揣着两百块，原本打算扯个窗帘遮灰，却硬被预备党员杨朝军"抢"了去，连同别人刚刚还他的一万元，交了"特殊党费"。

2012年8月18日，宝兴县冷木沟发生特大泥石流灾害。阿占知道，杨朝军手又痒了，得靠捐款去挠。没想到的是，他会狮子大开口：灾情有点凶，快去银行取六万！

阿占眼泪下来了。虽说外人老板娘来、老板娘去地叫她，只有她才清楚，卡上那几个钱来得多不容易。就说眼下，杨朝军的一个工地，二十多个人一日三餐全靠她一个人张罗。这几天水厂瘫痪，全城停水，淘菜煮米、刷锅洗碗的水全是她顶着烈日走半个多小时去背的，这点家底，是汗水凝成的盐！

还像汶川地震那阵一样，捐个万把块吧。阿占流着泪说。

上次是大灾大难，有国家撑着；这次不同，主要靠自力更生。杨朝军的语气是出了冰柜的雪糕，表层松软，内里坚硬。

那就两万。我熬更守夜的容易吗？

阿占的话没有回音。

三万，如果三万你还嫌少，我们就各过各的！阿占在心里画了一条线，不许他跨过半步。

"掰手劲"的结果，阿占赢了。这是假象。真相却是，杨朝军捐款时，背地里又添了两万。

纸包不住火，阿占气得肺炸。可她还来不及发作，芦山发生七级地震。震中近在咫尺，家中五层新房眨眼成了站立的废墟，看着裂缝像巨型蜈蚣从墙上爬过，阿占听到了一颗心开裂的声音。

县城的家成了印着"救灾"字样的蓝色帐篷。帐篷搭在乱石堆上，离街道不远，晚上有重车驶过，地皮嗡嗡直颤。余震本来就多，地抖得一勤，人根本睡不踏实。人是遇事往家跑，杨朝军偏反其道而行之。临出门，他冲阿占甩下一句话：我"家"占着地利，来了那么多志愿者，你想办法帮他们解决一日三餐！

灾后市场供应紧张，没米没面没菜没肉，水也停了，这饭咋煮？就连自己家，过不了三天也要断顿啦！阿占话没说完，杨朝军已没了人影。

杨朝军震后第二天开着不知从哪儿借来的卡车回过一次。车斗里装了大米、土豆、莲花白、大桶大桶的山泉水，以及摞得高高的烧火柴。一起来的还有杨朝军的大哥大姐。杨朝军说，东西不够我会再想办法，要是人手不够，你去娘家搬人！正说着，阿占的弟弟和弟媳扛着一捆腊肉、两袋大米匆匆走来：你们房子坏了，送点吃的应急！不等阿占说话，杨朝军一锤定音：来得早不如来得巧，这段时间，你们就别回去了，留这儿吃饭！

这饭"吃"了整整一个月。灾难似乎安装了延时设备，直到这时，阿占才和自己的生活狭路相逢。自家房屋成了废墟，废墟清除后，地基由政府征用，一家人一时间无处容身。这期间她只见过杨朝军几次，而且差不多每次都是拿了换洗衣服就不见了，像在躲债。

阿占并不急着找杨朝军讨债，她知道他忙。刚地震那阵忙抢通，从省道到村道，一条路通向好多条命。接着是排危除险、过渡安置，灾后重建，事情千万头绪。经历了"5·12"地震，即使杨朝军一声不吭，她也知道他在忙啥。所以，当她找杨朝军商量回硗碛建一座酒店，杨朝军说了一个"要得"，这事似乎就和他撇清了关系，也在她的意料之中。

六层楼的酒店几乎是阿占一手拉扯起来的。遇到建材吃紧，或者施工方案调整,她也会找杨朝军帮着拿个主意。起先还好,不管咸淡,杨朝军至少有话可说。达瓦更扎公路开修后,杨朝军就不那么耐烦了,这边话还有一半含在口中,那边的耳朵就对准了另一个声道。有一次,阿占心中的无名火顺着电话烧了过去:杨朝军,你要搞醒豁,这个房子姓杨,不光是我阿占的窝!杨朝军这才态度端正起来:听说林业上有个林区公路项目,我想把城墙岩牧场跑下来。还有草棚子沟,以工代赈,这事有戏!等这两个项目一落地,洗脚水我都给你端过来!与其说悬在半空的这盆水把阿占心中的火浇灭了大半,倒不如说杨朝军明显水分不足的声音让阿占生起打断骨头连着筋的心疼。家里的重建和达瓦更扎公路差不多同时起步,从那时候起,杨朝军哪天过得不是两头黑?记得有一次去雅安跑项目,县城方向修路堵得厉害,他一大早开车翻夹金山从小金、映秀绕道,直到第二天凌晨两点,阿占才接到他报平安的短信。阿占不是没想过给他打电话,可一来怕影响他开车,二来,电话要是打在他的盹上,还不相当于在自己心窝子捅上一刀?

酒店就要落成时,杨朝军吃了还魂丹般记起一桩事。他对阿占说:修座房子像生个儿。是个娃,总要有个名字。

阿占斜睨他一眼:生个娃,你就只干两件事:撒种子,取名字。我就惨了,十月怀胎,还得转体翻滚三百六十度。

杨朝军脑子转得不慢:要不怎么都唱世上只有妈妈好,就没听过唱爸爸好的。要不,这个名字你来取?

阿占撇撇嘴:别假惺惺了,我又不是头一天认识你。

再兜着藏着自己都觉得没趣儿了。杨朝军说：达瓦更扎——后边再来个"卫星定位"——主题生态酒店。

达瓦更扎。几个音节在心里风铃般响过一遍，阿占隐约觉得感觉里伸出了小手指，触摸到一个婴孩嫩嫩、软软、滑滑、暖暖的肌肤。这种感觉自然真切，她都看见孩子在张着小嘴朝她笑了。

高兴的芽苞才刚冒头就被一阵风拦腰折断。这天，阿占正和人布置客房里的家具，杨朝军闪进眼里。

家里还有多少钱？见到阿占，他劈头就问。

听到钱字，阿占来了精神：家具只交了订金，你总算来了次雪中送炭！

杨朝军也不多说，扯一把阿占袖子：跟我来。

见是往信用社走，阿占压低声音吼杨朝军，十个男人九个坏，你娃居然有私房钱！

杨朝军欲言又止。男子汉大丈夫，该不吱声就不吱声！

到签字时阿占才发现自己是被杨朝军"卖"了。他拉她来贷款，不是取钱！

不管怎么说，能把家具尾款结清也不错。无债一身轻嘛，阿占签名时，不忘在心里幽自己一默：我的字原来很值钱，一个十万！

"阿占"两个字墨迹未干，二十万就跟她没了半毛钱关系。杨朝军说：这钱我有急用，家具款下来再说！

阿占惊得合不拢嘴。

事情说起来比路都长。达瓦更扎牧场路刚登顶，新华社来了个摄影记者,名叫江宏景。江宏景问杨朝军,路修得这么苦,图啥?杨朝军说,放牛。看到他手里的相机镜头一尺多长,杨朝军加了一句,外加看风景。冲他这句话,江宏景把帐篷扎在了"北京山"。第二天一早,照相机镜头打开,宛如仙境的森林、云瀑、花海、草甸、佛光,还有梦幻般浮游在眼前的贡嘎山、夹金山、峨眉金顶、帕格拉神山,让阅景无数的江宏景惊讶得张大了嘴巴。继驴友圈内无人不知的牛背山、轿顶山之后,又一个三百六十度观景平台横空出世。开发达瓦更扎由此进入灾后重建叙事范围,仅路面改造升级,政府就投入七千五百万。担心上下左右的热情昙花一现,王婆卖瓜的机会,杨朝军半个也不放过。外甥女西曼带着同伴回村探亲,说到达瓦更扎,杨朝军又是口若悬河。西曼纳闷,以前舅舅的嘴可是上了锁的。杨朝军笑笑:我说再多,也不如你张口唱上一句。原来,西曼所在的"阿吉太组合"已经拿到央视"星光大道"总决赛门票,"家乡美"环节,杨朝军希望唱响"达瓦更扎"。"阿吉太"很快写出了《达瓦更扎》,导演说,歌虽写得不错,没有MV也不成。杨朝军想也不想就说:MV的钱,我来想办法!

听杨朝军把话讲完,阿占知道,要拦住这二十万的去路已经断无可能。她还想说点什么,眼睛里冒出的委屈和心疼却先滴滴答答掉了一地。

这天,阿占坐在一个宽绰的青石案板旁,打理她一早从山上扯回的野生金银花,一把剪刀,裁出半院子安静。尽管阿占埋首于手上的事,我还是远远就认出了她。一年多前我来她家,她穿的就是这件藏袍。就是那次，她给我讲起"阿吉太"，讲起《达瓦更扎》。那天晚上她掉下的泪至今湿润着我的记忆，而这次来，我顶想做的事是去她的地里看看。那块地是她眼里的洪水冲出来的。那一次，阿占带着哭腔说，杨朝军袖子一挥，我就要在地里镐刨几年。

听明白我的意思，阿占哈哈笑了，一副见了外星人的表情。阿占静下来是幅静物画，气氛合适了，则是个不折不扣的"段子手"：陪你去可以，不过还有十多个客房，你得先帮我打扫！这才知道，这个有着四十来间客房的酒店，总经理是她，前台接待是她，收银员是她，甚至很多时候，客房清洁也是她。正说到这儿，阿占接到电话，预订的团队明天暂缓出行。没有一个老板会因订单取消心情大好，阿占却说，正想得空去地里看一看呢，那些豌豆，只怕比我都还老了。

说起来，阿占是喜欢地的。她喜欢地的诚实，你花多少力气，它就给你多少回报。她喜欢地的沉默，让你锻炼身体，还在不声不响中供给丰富的营养。她喜欢地的结实，金山银山都可能会空，只有地是铁饭碗。她还喜欢地的包容，从来不会对人发脾气。相比之下，管理酒店要闹心得多。家里人住在六楼，六楼主要是休闲功能区，一次客人打麻将，到了凌晨三点，还在为一把牌是不是"麻和"大呼小叫。不到六点就得起床准备早餐，阿占忍不住起身提醒客人该休息了，至少，也把嗓门音量调低点。客人并不拿正眼看她，说，搞醒豁，我出了钱，我说了算！阿占觉得这种人还不如地里一株玉米、一颗土豆值得尊重，可这个酒店她又不能撇下不管。

别的都不说了,要不是酒店扎起,拍MV的那二十万又该拿什么去还?

有时搭杨朝军顺风车,多数时候,她要坐五块钱的短途公交,再走十来分钟才能来到地里。肥是必须要上的,但除了玉米,一粒化肥都不用,这是她的底线。十多个塑料桶分放在几户亲戚家,猪圈牛圈,统统"肥水不流外人田"。星星点点凑到桶满,杨朝军会开车拉过去,再由阿占一手一脚喂给土豆,喂给玉米,喂给瓜菜菽粟。餐桌要丰富,地里先得热闹起来。头伏萝卜二伏菜,阿占地里可没这么简单。她指着眼前个头高高矮矮、颜色深深浅浅的玉米棵子对我说,别看都是苞谷,论品种可有七个,烙饼子的、做玉米汤的、烤玉米棒子的、喂猪的,各有各的用处。我怀着强烈的诧异(或者说是怀疑)来到地中间,却发现这句话只是为喧腾的舞台揭开了一角幕布——站在远处看,玉米地是一处风景,而在玉米茎叶纵横切割的光影下,一台大戏正在上演。因着体格壮硕,土豆把地垄撑出了一道道缝,露出白生生、胖嘟嘟的脸盘子。豌豆苗是错落着站在地里的,密密坠着的豆角鼓胀饱满。空出来的地方差不多被南瓜瓜分掉了,大的小的,绿的黄的,一个个招人喜爱。无以立足,二季豆只能往空中发展了,顺着竹竿,生龙活虎地往上爬……植物王国的狂欢让我目眩神迷,好不容易回过神来,跟在阿占身后,来到一片裸坦的菜地。白菜、包菜、萝卜、圆根、芹菜、蒜苗、芫荽……与青纱帐里隐秘的喧嚣不同,这里是理直气壮的百花齐放,名副其实的百家争鸣。作为国家级"非遗",硗碛多声部民歌多次登陆央视，早已遐迩闻名。阿占是在歌王爷爷的怀抱里长大的，她说，这些庄稼这些菜，是我种在地里的多声部民歌。

地里每年出产的蔬菜不下百种，土豆要产一万多斤，玉米又是一万多斤。阿占不是齐天大圣，一双手总有忙不过来的时候，特别是播种、收割。这时候，她会找人帮忙。最靠得住的是两个儿子，虽说一个才读大一，另一个正念小学。见她太苦太累，杨朝军多少次劝她"金盆洗手"。把酒店管好，生意好时，一天赚的都不止地里一年收成，话说到这个分上，阿占还是没有动摇。其实也动摇过，但像三四年前的地震，过了也就过了。她说要对得起挂在酒店外墙上的"生态"二字，还有，就是要让这块地成为儿子不说话的老师，告诉他们，地不种会荒，人闲着会废。

骨子里，阿占是个有小资情调的女人。地边有一道堡坎，阿占在上边铺了厚厚一层土，让月季、牡丹、棋盘花和最喜欢的格桑花在那里代她妖娆。种地累了，她会挨着花花草草坐下来，把爷爷教给她的民歌一嗓子吼到天上。那些花枝颤动着为她喝彩，而陶醉在歌声里的花朵则是她最忠实的听众。她常常想，杨朝军咋就不如一朵花通人情呢。钱这东西，够用就行了，人要不高兴，钱堆成一座山，照样不高兴。

也许是厚厚云霭有一种挤压内心的力量，也许一座活火山沉睡再久，深埋的熔岩也不会遗忘逃离的本能，安静地盯着眼前一小片花海的我，听到了阿占说给我，更像是说给她自己的一段话：

杨朝军天生是条磨命，比我还要辛苦。我有心每年去外边看看，伦敦纽约远了些，北上广总不成问题。可他一天忙得回不了家，我也不可能一个人走。人家都说我嫁了个老板，连钱都不会花、连花钱的时间都没有，谁见过这样的老板？他的时间至少有一半花在村上，这还不说，村上用钱，他动辄私款公用。达瓦更扎的路刚动工时，我一夜一夜睡不着，因为担心那些钱收不回来。好在最后政府给了七十多万，看起来差不多回了本。实际呢，到头来才晓得，这条路让他栽了一个大跟头——

他被人告到了中纪委，你信不信？

降美谷，降美地

从牧场路到旅游路，突如其来的幸福像一道强光照得嘎日村人一阵眩晕，也将他们的心间照得通透明亮：如果不是杨朝军敢想敢干，没有人能把达瓦更扎和一条路联系在一起；如果不是杨朝军冒着鸡飞蛋打的风险垫资修路，没有牧场路的摆渡和接引，就没有景区路的水到渠成。

一条河流可以赋予一道山谷以勃郁生机，也可以在河床上撕扯出累累伤痕。达瓦更扎景区公路十之八九以牧场路为路基，中标单位的施工日志因此一开始书写极为爽利。也就难怪，当丰收组一二百人吵闹着要求停工，姓姜的老板真不知是哪股水犯了。

是旁逸斜出的一根枝柯挡住了去路。丰收组民意代表说，要想工程继续，除非先把降美地这笔账算清。

说是"降美地",其实是介于"北京山"与降美地之间的一片未名灌木林。作为政府行为,景区道路涉及占地补偿,不光加宽路面的部分,村民们先前修通的毛路占地也在补偿之列。从喜出望外中回过神来,灌木林是谁家地盘,两个组横眉以对。

这是祖祖辈辈留下来的牧场,如果从我们手上丢了,上有负列祖列宗、下愧对子孙后代。丰收组村民坚称,降美地及其以东,每一棵树、每一株草都有丰收的胎记,三道牛场及其西边才是嘎日地界,降美地与三道牛场之间的降美谷早已把这一切划得一清二楚。

嘎日组几十户人也是言之凿凿:降美地一直以来都跟我们姓。第一,降美谷一直是我们负责疏通,要不是我们,两边的山都不知已经垮成了啥样子;第二,要说放牛,丰收在放,嘎日也在放;第三,既然是法治社会,让《林权证》张口说话,大家都省点精神。

说起《林权证》,丰收组的人更是火冒三丈——按照1982年颁发的《林权证》,降美地明明属于丰收组。然而,2009年集体林权制度改革,重新确权时,也不知什么精(经)啊鬼(纬)的,莫名其妙就让降美地改名换姓。要不是这次嘎日当枪作棒拿出来打劫,我们还被蒙在鼓里!

嘎日人生怕自己跳进黄河洗不清:测量不是我们搞的,本子不是我们做的,我们哪能张冠李戴,你们才想偷天换日!

好好一幅画,画着画着打翻了墨盘,杨朝军出来收拾局面,却被泼倒的墨汁溅了一身。丰收组有人问他:2009年林地确权,你们到底咋"操作"的?

包括降美地在内，嘎日村的山林多是杂木、灌木，经济价值不高，两次林地确权，村里人并不太当成事，正因这样，1982年的《林权证》，边界以一道山梁、一块山包，甚至一块石头标识，时日一长，难免被离乱的记忆和蔓生蔓长的草木搅扰不清。在屠呦呦获得诺奖以前，青蒿素不会被放置到聚光灯下，正如在提取出青蒿素以前，菊科植物黄花蒿只不过是一种可有可无、似有似无的存在。和1982年那次一样，2009年的降美地曾经是无人问津的黄花蒿，我们干吗"操作"？更进一层说，我一个冰丰组的人，为啥要向着嘎日？再说了，卫星定位仪在专业机构的专业人员手中，这是"操作"得了的吗？杨朝军这番话并没能把挡在工程队前的人们劝回去，机具的喘息复又顺着路面蜿蜒爬升，是因为丰收组有老辈人站出来说话：从主持修"水海子"路到三条牧场路贯通，再到村里入户路全覆盖，哪一条哪一段不是江措两条脚跑出来的？还有两次地震、两次重建，以及现在的脱贫攻坚，江措使了多大劲费了多少心，闭上眼睛也能看到。操作？就算他有那能耐，只怕也没有那个时间！

挡在路上的人群刚刚散开，丰收组那边又传来不小动静。

丰收可以取道嘎日、降美地通达"北京山"，直接走降美地却更近。在草坡上开出一条路来，这个念头在丰收的集体意识里刚冒了个头，便像冲出围栏的牛犊，四蹄生风，猛进长驱。

没想到有人会出来阻拦，而且这个人竟是修路上瘾的杨朝军。

在自己的地盘上出自己的力修自己的路，我们犯了哪条王法？

达瓦更扎以后就是景区了，两条路进入景区意味着景区有两道大门，可哪个景区允许有两道大门？这是其一。其二，大兴土木，不利于生态保护。

生态保护？你当初修的路难道都是从天上过的？说白了，这就叫只许州官放火，不许百姓点灯！

当初修路，不管解决出行难，还是为了靠山吃山，都是不得已而为之，都最大限度避免破坏植被。生态是我们的摇钱树，把树砍光了，钱又哪里去找？

照你这说法，嘎日修酒店，丰收只能修牛圈！

……

杨朝军当然明白，丰收组急切想要拥有的，其实是一只招徕游客的手，一座逃离贫困的桥。景区公路所经之处，乡村酒店有如雨后春笋，丰收组的村民当然不愿眼睁睁看着别人"丰收"自己"歉收"。杨朝军自认为无意厚此薄彼，但修路对环境的破坏不能熟视无睹。若是景区还没开门迎客就已乱了阵脚，达瓦更扎就栽在了起跑线上。因此他说，蛋糕怎么分都可以，只是不能乱来。

几次复工，几次阻工，之后，杨朝军在丰收组的人眼中就成了又臭又硬的石头。几次交锋后，又一个念头在他们的集体意识里冲破牛栏：江措，你要将错就错，我们奉陪到底！

虽说丰收组的人两次到县上、一次到市上上访都没有跑出预料范围，但得知自己被一封信告到了中纪委，杨朝军还是结结实实吃了一惊。匿名信记着杨朝军"三宗罪"：一、操纵有关机构改变降美地权属；二、无理阻挠丰收组修路；三、通过打招呼、做手脚，帮助两个姐姐虚报多领占地补偿款。除了纠正以上"错误"，举报者希望组织上将杨朝军撤职查办。

县纪委进驻硗碛，调查的结果，没有证据证明杨朝军有违法乱纪行为。一向宽厚爽直的杨朝军并没有因调查组撤离捡拾起往日心情，好些天里，他总是找机会把自己同周遭一切隔离开来，尝试用局外人的眼光，重新审视这座村庄、这座村庄与自己结伴走过的岁月，审视自己在村子里扮演的角色。对往事的钩沉索隐让杨朝军发现，影影绰绰的，总有一道鸿沟封锁在嘎日周遭，就像峻切的降美谷，把降美地和五道牛场分割成两个难以弥合的阵营。降美地权属之争尘埃尚且飘在空中，嘎日、丰收两个组的人情之间有一个降美谷；丰收组修路虽然按下了暂停键，事情却并未终结，丰收组几百群众和自己之间有一个降美谷；从甩开膀子干事到夹着尾巴做人，在自己的过去与现在之间，有一个降美谷。而最让他感到烦闷、苦恼、心绪难平的却是，同样修村上的路，同是村里的人，无偿划地、无偿出工时村子里到处是歌声笑声号子声，镢头下无意间刨出一块金砖，却带出了纷纷攘攘的恩怨，你能说人心深处没有一道幽深莫测的降美谷？

转眼又到了村"两委"换届时间。阿占劝杨朝军急流勇退：人心隔肚皮，既然"做了好事遭雷打"，倒不如过几天清闲日子。杨朝军觉得阿占所言不无道理，说起来，自己这些年也算得上巴心巴肝，没有功劳也有苦劳。要说啥也不图，大家日子好过了就忐得意满,这是大话,自己都不信。"一个人的幸福是不道德的",这样的话也是书上捡来的,不是自己能想得出来的。自己肉胎凡身,到底不能免俗,当了差不多十年村干部,要说没有一点私心,那是假的。他喜欢干成一件事时的成就感,那是与阿占把丰收揽进怀中异曲同工的体验。有人当面背后说几句好话也受用,人非圣贤,面子、名声、虚荣心,任谁也不可能真正做得到毫不在乎。然而,一个从天而降的红包居然会在一向安详的人心间制造混乱,胡乱中打翻的火盆,火星竟溅到自己身上,这实在让人始料未及,让人灰心丧气。与此同时,杨朝军另半边大脑也在高速运行:村里给我撑腰打气的人终归是多数,要是举了白旗,自己有啥没啥,倒真是说不清了。眼下困局说到底,罪魁祸首还是一个"穷"字,把人心搅得纷纷乱乱。修了那么多年路,不就想把穷根挖出穷棍折断吗?随着全村六七十公里道路贯通,经过两次重建,如果把脱贫比作一次进攻,嘎日村已到了临门一脚的当口,这时候夹尾巴走了,哪里是急流勇退,简直是自废武功。

"卫冕"村支书能否得偿所愿,杨朝军并没有太大把握。自己是有害物质还是有益成分,村里党员还有多少服他(或者还有没有一个服他),他想从选票上看个明白。他当然也知道这是一场赌博,全村四十六名党员二十八名在丰收组,丰收的小船一翻,他残存的名声只怕也要应声落水。杨朝军顾不得这么多了,他向来不是一个讳疾忌医的人,尤其在成为某种高危病毒疑似病例之后,明知道检验结果有可能不是愿意看到的那样,但他还是坚定驱使着双腿走向了

CT室。

三十五张选票写下一个渴望中的答案,但杨朝军明白,即使心里竖起一千双耳朵,此时此刻,他也听不到石头落地那"咚"的一声。十一张选票的流失是再直接不过的提示,降美地纷争像一道血淋淋的伤口摆在那里,如果不及时缝合,两个组的村民之间、丰收组的党员干部和他之间的降美谷将会像洪水冲刷下的豁口那样越来越大。

远如泸沽湖、四姑娘山,近如甲居藏寨、雪山新村,杨朝军和村主任阿生一有空就带着村民东游西逛。天下大事必作于细,这是降美谷给他的启示,而收拾人心,在他看来,是最精细也最考耐心的活儿。一路走,杨朝军说,以前嘎日村是半农半牧,往后是农业、畜牧、旅游三足鼎立,我们要做铁三角;一路看,杨朝军说,酒好不怕巷子深,生意好的民宿,往往都不在公路边。说者有意,听者有心,慢慢地,大家明白过来了,杨朝军带他们"东游西逛"是假,帮他们"解放思想"是真——嘎日三个组只有做了"铁三角",往后的发展才能稳扎稳打;达瓦更扎是壶好酒,丰收组虽然不在主路边,只要做出特色,照样可以是一盘好菜。

水到渠成,降美地的事摊到桌面上,"雨露均沾"的方案再也没人反对。丰收组也不再嚷嚷修路的事,只要能挣钱,一切都好商量。因为降美地的占地纠纷,嘎日、丰收两个组的人一年多时间里见面都是绕道走,实在绕不过去,才皮笑肉不笑地打个招呼。在丰收组几百号人那里,杨朝军享受的差不多也是这个待遇。人心里那道深谷填平后,沉降谷底的笑容浮了上来,邻里之间的关系慢慢回到从前。连阿占都觉得杨朝军该出口长气儿了，可他的神经却没有一点松弛下来的迹象。之前答应资助王×芳完成学业的杜女士传来一张申请表，待表填好，杜女士却又说，助学基金《章程》有"受资助学生为18周岁以下"的规定。这让杨朝军进一步看到了发展集体经济的重要性和脱贫攻坚的任重道远。2014年全村有五十六户贫困户，到2017年年底，仅剩的七户也要全部达到脱贫标准。有县乡对口帮扶单位，这七户人如期脱贫达标没有太大悬念。但杨朝军还是有抑制不住的担心——有的贫困户可以借助帮扶摆脱困境，有的体格太弱，立足未稳，脚下一滑，指不定还会跌回原处。拿王×芳家来说，县财政局年初送过来五头猪崽，加上自家本来有的三头，到了年底，可以出栏七头，能有一万五千元收入；家里喂有十余头牦牛，年底出栏一头，可卖四五千元。按照人均收入三千四百元的标准，不出意外，今年可以越过贫困线。但是，明年呢？贫困户摘帽后，一旦没有外力扶持，王×芳家收入如何达到目前水平？要知道，即使今年，王父的药费仍然没有着落，王×芳仍要在继续上学和回家务农的抉择中摇摆。如果这样的局面不能从根本上扭转，要不了几年，王×芳今日的纠结又会缠绕在弟弟心头。杨朝军想，作为党的最基层组织，村支部又能做些什么呢？沿着这个思路，他想到了年底就要开门迎客的达瓦更扎。到时候，景区门票收入中村上会有分成，从中拿出一部分作为公益基金，由村民代表组成理事会，对家庭困难的学生、老人和危重病人予以救助，从而让人情味和向心力成为达瓦更扎的最美风景……

离2017年秋季开学还有一周,这个学上还是不上,王×芳还没有拿定主意。本来,对她来说,放弃学业的念头本身就是一场噩梦。但是,很多时候,人可以跟自己较劲,却不能不向现实低头。就像现在,高昂的学费、疾病缠身的外公和父母,还有本该无忧无虑却被生活拖进命运阴影的弟弟,对她来说,都是不容忽视的存在、绕不过去的坎。可她又实在不想就这样告别校园,让做了一半的梦随风飘散……随着亮晃晃的锄刃雨点般落在地垄上,一颗颗圆圆滚滚的土豆在身后汇成一条浅黄色的河。当她终于直起僵硬得不再像自己的腰来,隔着一片摘了穗的玉米地,在锦缎般的夕照里,她看见杨朝军牵着一头西门达尔黄牛走进自家院子,把缰绳系在了还未完工的牛圈门栏。土豆地不远不近,是牛圈那边的对话能够抵达的距离。她听到杨朝军对父亲说,这头牛是我和阿占的心意,也算一个药匣子,每年下一个崽,你的药费差不多就有了着落。娃娃读书不能半途而废,我一个朋友说了,每年赞助五千元,直到小芳大学毕业……

开着免提的手机这时候亮开嗓子,有人在电话里说,杨书记,前段时间说起过的达瓦更扎观光项目,我们准备再到村上来看一看。磋商多轮又几度搁浅的项目,终于有了一点向成功靠拢的意思,杨朝军深吸一口气,徐徐吐了出来。

已经是一种习惯,顺境或者逆势,开怀或者忧戚,胸中有丘壑或者头顶雾水漫流,只要人在嘎日,杨朝军都会看向达瓦更扎,看向"北京山"。就像那一刻,他的目光落在形如天安门城楼的靛蓝色山峰,如同晚归的牛羊钻进围栏。

新龙门故事

世界让我遍体鳞伤，伤口长出的却是翅膀。

——叙利亚诗人阿多尼斯

2013年4月20日8时02分，与汶川直线距离八十公里的芦山龙门，与汶川地震时隔五年的惊天一震，那一刻的重量，压得地球嘎吱作响。

生活广阔，人生多艰，人人都得习惯放下，都要承受离散，都要适应忘和被忘。不过，正像一本曾经打开却未及读完的书，故事并未终结，你对书中人物命运的挂怀也很难就此止歇。因而，芦山地震发生三周年之际，重返龙门，重访芦山，对我来讲，就是重拾那本没有读完的书，就是参与到故事的进程，就是从砖刀、铁铲、挖掘机与搅拌器的合唱中，从恢复重建和发展振兴的加法里，感受生命的韧度、梦想的力量，把抚平辙痕、照亮前路的光芒，向更为深远的时空传递。

一切都将过去

张艺川（二十五岁，女，宝盛乡卫生院护士）

在我二十二岁生日的前一天，妈妈走了，再也不会回来……

当时我在县医院外科做实习护士。地震是在交接班之际来的，病床像落网的大鱼，在渔网收拢的当口拼命蹦跶。床脚在地面下起一场暴雨，耳朵像打铁铺，挤满叮叮当当的声音。输液架如热锅上的蚂蚁在天花板上蹿动，病人惊风活扯叫喊，就像不吼出这一嗓子就再也没有机会。

刚手忙脚乱把病人转移出去就有伤员从外面送来。我止不住地想：家里怎么样了？爸爸妈妈还有妹妹，他们都没事吧？

挨个给他们打电话，耳朵里总是忙音。打到第三轮，爸爸的电话总算通了。一辈子没听到他声音这样小过：家里房子垮成平地，你妈妈……她不见了……

我要他把话说明白些，电话断了。再打，再怎么打，都是无法接通。

我向护士长请了假，一路小跑，在县城的国张中学找到妹妹，坐上面包车，赶往龙门乡隆兴村的家。妹妹眼泪流得稀里哗啦，我假装没看见，怕一搭理她，我也没出息。路上半小时，我猜想过"妈妈不见了"的种种可能：下地去了？赶场去了？姑姑家摆龙门阵去了？

远远就看见了妈妈。她和我家房子一样，静静躺在地上，脸上无比安静。我哭着喊她,妹妹用力摇她,她却纹丝不动,好像从来就不认识我们!

除了哭,我不知道还能做些什么。但我知道,哭声一停,妈妈就会离开,永远地离开。所以,我们只有哭,一直哭,放纵地哭,绝望地哭……

爸爸一句话止血钳般掐断了我的哭声:这次地震伤亡不小,家里有我,你回医院!

我家就在公路边,我这时候才注意到,路上车辆比平时多出一倍不止,救护车的警报拉得一声比一声响。

爸爸说得对,我该回去,我得回去,救死扶伤是护士天职。

医院空地上搭满帐篷,伤员不断被送过来,医生护士忙得顾不上喝水。忙碌对我反倒是一种恩赐,因为只有这样我才能忘记悲伤,才没有时间想起妈妈。

晚上八点,姨爹到医院找我。妈妈第二天下葬,他来接我回家。

一双筷子一只碗也没能从废墟中挖出来,妈妈的葬礼,简单得难以想象。唯一的安慰,我为她戴上了一条项链。实习护士没有工资,买项链的一千多块是我从生活费中省吃俭用存下来的。再过九天就是妈妈生日,项链早准备好了,本想到了那天,给她一个惊喜……

对着妈妈,我磕了三个响头。我在心里对她说:放心吧,妹妹和爸爸有我照顾。

和妈妈最后的相处只有三十分钟。我得回到岗位照顾病人。

妹妹也回学校了，形单影只的爸爸，成了我们的家。

我喜欢普希金那一句诗："一切都是瞬息，一切都将会过去。"我还喜欢恩格斯说过的一句话："你之所以感到巨人高不可攀，那只是因为你跪着看他。"生活中没有过不去的坎，前提是要挺直脊梁，对生活保持热爱。

地震后，爸爸想干老本行，跑运输。我让他换条路子，爸爸不理解：重建新家要花不少钱，我又没有别的本事。我说这个工作太危险，你前脚出门，后脚我的心就悬在半空。妈妈已经不在了，你不能再有闪失。

爸爸卖掉车，去工地当了杂工。

用卖车的钱开路，山溪沟聚居点有了我家户头。和其他聚居点一样，我们成立了"自建委"，房子由"自建委"委托企业承建。芦山灾区灾后重建是"国家实验"，"自建委"是"实验"中的新发明。简单说，每一个聚居点，技术指导、资金补助由政府提供，其余如房屋设计、户型选择、质量监督、资金管理，都由"自建委"拍板。"自建委"成员都是重建户，名声好、威望高、多少还懂点工程。

房子统一修完一楼，二楼修与不修，各自量体裁衣。有六十户人"作文"只写到半截，其中包括我家。

一切都将过去，生活还得继续。地震半年后，"公招"考试，我报考了本县宝盛乡卫生院和宝兴县红十字会。绝对是个意外，宝盛和宝兴，我都考了第一。

爸爸让我去红十字会，理由是公务员受人尊重，当护士是个苦活。我的确是把摁过手印的材料交给了宝兴,只不过,那是一份先于入职的"辞职报告"。宝盛离家只有半小时,上四天班,可以有三天在家休息。因为这个,爸爸说我"贪玩"。他哪里知道,我悄悄对妈妈做过保证。

妹妹在县城上学,爸爸在周边打工,遇到我轮休,恰好又是周末,我们的生活轨迹才有短暂的交汇。整整两年,我们的家是一个窝棚。正是这期间,回家,对我是最大的诱惑。

地震后爸爸变得沉默寡言。妹妹受他影响,能不说的话,一句都不多说。我知道气象上有"人工影响天气"一说,我也知道,没有阳光,生命就是一种浪费。差不多每一天,我都会在妹妹下晚自习后给她打电话,有事说事,没话找话。而在家中,我会讲笑话,会玩脑筋急转弯,会把网上的菜谱热炒热卖,换来他们一顿饭的开心。

窝棚里慢慢有笑声传出,那是一个对钩,画在我当初所做的选择后面。

甘溪头小区2015年4月交房。家是爸爸一个人在装修,家却不是爸爸一个人的。虽然干活帮不上忙,我也没有袖手旁观。我每月到手工资两千一百块,除去车费生活费,一分不少"充公"。大到冰箱、电视,小到一只水杯,所有家具都是我一手搞定的。

搬进新家不久,我们开始修建二楼——刚才说过,我们这个新村,各自量体裁衣,楼层有高有低。先有地方落脚,再让房子长高,好些人家都走这个路线。夜晚在屋里睡觉,白天在屋顶建房,看到房子长个儿,有时会有一种错觉:人是种子,构造柱是种子发出的新芽。

爸爸是绝对主力。也有亲戚来帮忙，但家家都在重建，他们也只能帮衬一下。至于我，每次回家，几个人的衣服要洗，乱成鸡窝的家要收拾，充其量帮爸爸和和沙灰打打杂。出手相助，能指望的只有妹妹了。可那年她才十五，平时娇生惯养，典型的吃饭打湿口，洗脸打湿手。要想靠她，这是白日做梦。

然而，见证奇迹的时候来了。整个寒假，一日三餐都出在妹妹手上。更魔幻的是，两万多匹砖，每一匹都由她运上二楼。这活看起来不重，流程却相当繁杂：先把砖一匹匹搬进升降机拖斗，然后推上电闸，将拖斗升到空中，再一匹匹搬下，一匹匹码好。她是"自投罗网"干的，干得还像模像样。

二楼主体刚修好，爸爸就去了云南打工。他说，以后日子还长，日子要变好，两只手就不能闲着。

采访手记

经历了家破人亡，张艺川昂首向前，没有怯疑。姑娘钟情吃食，爱在购物网站流连，时不时通过微信晾晒波澜不惊的生活。而这些显然又都有所节制——很多活泛在内心的渴念，被有关新家的色彩覆盖，这让张艺川表现出与年龄不符的成熟。

张艺川正筹谋一件"大事"。她说，遇到合适的人，我得把自己嫁将出去。怎样是合适？她说，他可以没有车，没有房，甚至没有体面的工作，但一定要懂得关怀，懂得爱。

一下就理解了,她想遇到另一个自己。

张艺川却说不是。她说,我想遇到更好的自己。为此,她准备报名练瑜伽、学吉他,先让自己喜欢上自己。她在一条朋友圈里与自己对话:愿你是披荆斩棘的女英雄,也是被人疼爱的小朋友。

一根冰棍两块砖

任文丽(十一岁,女,龙门乡王家村二组,学生)

地震后我才是地地道道的芦山人。以前爸爸妈妈带着姐姐和我到处打工,一会儿北京,一会儿上海,一会儿深圳。我们的家就像一条漂在海上的船,漂着漂着,我都忘了我们是从哪里来,要到哪里去。

芦山发生地震,爸爸妈妈脸色比我考得最差那次还难看。姐姐也像是三魂吓丢了两魂,一下班就目不转睛地盯着电视,一分钟动画片也不让我看。

地震几天后爸爸就回了龙门。他说等搭好帐篷,再让我们回家。

北京和上海怎么过的记不得了,在深圳,我们租的房子不宽,爸爸妈妈住一间,我和姐姐住一间。家里没有厨房也没有厕所,所以我那时候最怕天黑。回芦山的大巴上,我问妈妈新家会有厕所吗?会有厨房吗?妈妈连连点头。我又问,那一定要很多钱,我们钱够不够?妈妈没有说话。

以前回芦山住的都是木房子。地震把木房震垮了，爸爸搭了两间木棚，奶奶和姐姐挤，我和爸爸妈妈挤。棚子里常有老鼠出没，有时人睡下了，它们在人的手上、脸上窜来窜去，像是赶场。下雨天，雨水淌在脸上，像是人在流泪。比起这些，我最怕的却是爸爸。他的脚太臭了。

大人鬼得很，老是等我睡着了才摆龙门阵。有时我会假装打鼾，偷听他们聊天。一般都是修房的事，建多大呀，进新村还是自建呀，啥时候动工呀，一摆就没个完，听得人直想打哈欠。不过我总算知道了大人的秘密——钱不够，我家进不了聚居点，也请不起工人。

爸爸妈妈说起修房的钱时像做数学题，而且做得吃力。那天吃早饭时，我对爸爸说，我们把房子修小点吧。爸爸问，你不是一直想住大房子吗？我说，挤着热闹，一个人住一间反倒害怕。我心里想的是，房子修小些，大人就不用那么操心。

暑假里，我去村东头王奶奶家。她家的狗欺生，吓得我扭头就跑。狗从后面追上来，把我扑倒在地。我被送到医院，腿上缝了七针。去防疫站打疫苗，护士说疫苗有两种，一种三百多元，一种一千多。她问妈妈打哪种，我说打三百多的。护士说两种针是一个痛法，我说痛我不怕，我怕妈妈怕。

虽然妈妈若无其事，但一千多块买一管水，我还是心痛了好多天。

都说我是好吃嘴儿，薯片、饼干、冰棍、萨其马都是我的最爱。回来后，整个暑假，我只吃过两根冰棍。一块砖要五毛钱，一根冰棍最少也要一块。少吃一根冰棍，建房时就多出来两块砖。

开学不久，爸爸和我成了同学。其实我们只是一起出门，我去学校，他去旁边工地学手艺。爸爸说，隔行如隔山，修房造屋，他也是个小学生。

树叶变黄时，我家工地动工了。砖头、沙子、水泥，堆成几座小山。

要是能和姐姐一样，天天留在家里建房就好了。听我这么说，妈妈问是为啥。我说修房子虽然辛苦，但不用做作业，不用考试！本来我是开玩笑，爸爸听了，凶巴巴地瞪我。爸爸瞪人，眼睛比黄牛的大。

很多时候我睡着了爸妈还没睡觉，我醒来时也没见着他们。但是，他们的被窝热着，我就知道，爸爸的臭脚丫晚上还是对着我。

既然有木棚住，新家干吗不慢慢建？妈妈说，棚子里住久了会生病。而且，如果地震一周年前搬进新家，政府会奖励液晶电视。原来大人也想挣表现，也想得奖品！那时我就想，实现"家庭梦想"，我也应该出力。

奶奶负责给一家人做饭。放学回家，做完作业，我去给她打下手。炒菜不行，择菜、添饭、洗碗总可以。我还到工地上帮爸爸，他钉木板我给他钉锤，他扎钢筋我递上扎丝，他手被扎破了我小跑着去买创可贴。一个周末，我帮着搬了一天砖，累得腰酸背痛。我吓坏了，担心腰会断掉。奶奶笑着说，明天就没事了，小娃娃没有腰杆！

大年三十，我们搬了新家，果然得到一台32英寸液晶电视。

爸爸妈妈都说这个奖品有我的功劳,我听了,比考了双百分还高兴——哈哈,我从来就没得过双百分。

更让我高兴的是新家又宽又大,楼上楼下都有厕所。我再也不担心天变黑了!

采访手记

任文丽的懂事让我想到,灾难未必就全是黑暗。它让瓜果无常零落,亦让种子抢先萌芽。

姑娘随母亲姓。任锦蓉说,活最重最累那段时间,晚上她会给大人们打洗脚水,小嘴还很甜,说这是驱赶疲劳的"仙水";看见爸爸累得吃不下饭,她会变魔术般拎来一瓶冰镇啤酒,当当当当——这是给你的奖品!

日子就这么过来了。新家落成,大女儿找到如意郎君,小女儿有了固定玩伴,一家老小不必再通过长途电话消解思念……任锦蓉最开心的莫过于自己在离家二十分钟的制衣厂找到一份工作。这家制衣厂是"产业重建"成果。

地震刷新了一家人的生活轨迹,任锦蓉上扬的嘴角,是新生活显露的表情。

谁人缘好跟谁干

张向东（四十六岁，女，龙门乡青龙场村河心组组长）

要是河心倒掉的房子能在两年内立起一半，我在手心煎鱼，给他办个招待。

当初打这个赌，属于典型的穷开心。那时河心就像小时候看过的电影——《这里的黎明静悄悄》。又像一场战斗刚刚结束，伤员遍地，满目疮痍。住在临时搭建的帐篷或者木屋，大家心里和眼中一个样，灰不溜秋，死气沉沉。我有时爱和大家开个玩笑，这有点类似于往药碗里放一勺糖，虽说苦，但好歹有一丝甜味。

龙门是震中，河心灾情自然严重。但是老实说，通过加固维修，相当一部分房子还能住人。我们组312户人，倒房263户。那么问题来了：可以不倒的房子，为啥偏偏倒了？

地震一周内，严重受损的房屋被救灾部队推成平地。后来刮起一股风，说所有受损房屋都要拆除，一旦拆除，就能享受重建优惠政策。"优惠政策"也说得有鼻子有眼：国家统一建新房，每个人有三十平方米不要钱。虽说汶川地震极重灾区统一重建就是这个标准，但是不是真能享受如此"优惠"，大家也在犯疑。毕竟汶川是汶川，芦山是芦山，中央一开始就定了调，这次重建要走"重建新路"。可话是村组干部说出来的，乡干部也是这个口径。这样一来，大家从将信将疑到信以为真，从左顾右盼到争先恐后，房子推麻将般倒下一大片。

分析大家倒房的心态，多半是嫌维修加固麻烦。要真是"交钥匙工程"，人省心房子还洋气，这样的顺风车谁不想搭？

然而，重建政策一出来，得知户均只有三万元建房补助，其他都是子虚乌有，当初可以不倒房的人肠子悔成八截。找村组干部要说法，他们一开始支支吾吾，后来干脆把脸揣在裤兜，说是没有那样说过。乡上也含糊其词，说过去的事情不说了，唯一的出路是面对现实。

最大的现实是兜里没钱，手上没抓拿。河心、白伙、王伙、老鸦鱼的倒房户相约着几次去县政府讨要说法，最多一次，去了好几百人。县上领导出面接待，说调查清楚会实事求是答复。

乡党委书记被撤换，村支部书记因为经济问题被隔离审查。这样的"答复"大家并不满意：说好的三十平方米呢？说没有了就没有了？

上访者中有我一个。也是那时，我给大家打了"手心煎鱼"的赌。

2013年9月24日，新书记上任当天，我们两三百人到乡上"欢迎"他。县上一个副书记送他来，我们把乡政府铁门一关，许进不许出。县上的副书记和乡上的新书记请每个组派三四个代表到会议室座谈。意想不到的事发生了：新书记起身鞠了一个九十度的躬，然后说，之前乡村组干部说过一些过头话，我代表他们向大家道歉。

我们当中，有人反应过来：一句道歉能换一栋房子吗？你不是原来的书记，但政府是原来的政府，跑得了和尚跑不了庙。

新书记反复申明，整个灾区，重建政策是一把尺子量到底。

谈判半途而废，河心进入冬眠。不光房子，大家心里也荒得长草。

拖到2014年6月，河心还是冷冷清清。这中间，工作组不断上门，说全县都在大干快上，飞仙关镇凤凰新村、芦阳镇黎明新村甚至都已搬迁入住了几个月。乡上也组织了一些村民去那里参观——既是动员，也是攻心。

不用说，河心成了全县甚至整个芦山地震灾区最"稳定"的一个地方。就为这个，书记、乡长经常来开会，一来二往，三岁娃都认得他们。我开玩笑说，我们河心，如今是被"直辖"了。

人心都是肉长的。灾后重建压力不是一般大，书记、乡长人累变了形还三天两头往河心跑，天长日久，大家多少有些过意不去。慢慢地，有人站出来说起公道话：都说新官不理旧账，但人家又认错又鞠躬，态度可以打高分。再说当初大家不也想着捡便宜吗？眯着眼睛上错了车，要说自己没一点责任也说不过去。

节骨眼上，成都市派出工作组来芦山援建，县上把河心交给了他们。

建房补助标准一点没有提高，但新村基础设施连带风貌塑造全是成都负责。打个比方，如果建新房是包饺子，馅是我们剁，皮由他们擀。大家的心总算焐热了，八十个进临江聚居点的名额，两天里被抢得一个不剩。

倒下的房子太多，仅有的一条机耕道被建渣堵死。排渣没有通道，原址重建举步维艰，加上临江新村效果图一出来，房子外观洋气，小区内还有路灯、绿化和广场，不少"散户"望"洋"兴叹。

河心聚居点应运而生，报名参建的又有六十多户。

援建方7月进场，干得热火朝天。带队的徐书记是个实干家，天天钉在工地上。徐书记丈母娘得了重病，我们听说后，动员他回去看看。他说的话气人又感人：自古忠孝难两全，我拍胸口说过，过年前要交钥匙。

"自建委"几个人责任心也不差。主任刘泽斌发现一批瓷砖质量有问题，检测报告同出厂日期也不吻合，当即报告了徐书记。施工方想找借口掩饰，刘泽斌把手机里的照片一张张翻出来：要是冤枉了你们，我把这批砖嚼碎吞到肚子里！徐书记明察秋毫，施工方再难狡辩。当天晚上，在"自建委"监督下，问题砖被一匹不剩清出工地。

沿江聚居点就这样建了起来。分房那天是腊月二十八，离成都进场施工只有五个月。房子建得比图纸上好看，风貌别具一格，电线全部下地，家家都通柏油路，户户都有微菜园。河心变好看了，徐书记变难看了，刘泽斌这么说话丑理端。徐书记刚来时白白净净，分房时再看他，比河心的农民还农民。

我是重建结束才当的组长，每月工资三百五十元，年底一次性发放。河心组差不多有一千人，新家建好，产业发展又上了日程。土地流转、微菜园划分、小区管理建章立制，事情多不胜数。这样的"年薪"没拿头，但我愿意。徐书记他们都可以巴心巴肝为我们出力，我为乡里乡亲跑跑腿出出汗又有什么关系。

从"上访户"变成小组长，有人问我思想上的弯是咋转过来的？我说我认理不认人，谁人缘好我就跟谁干。

采访手记

之前我去过河心不下十趟。这次再去,完全丧失了方向感,导航靠的是一张嘴,两只眼睛倒成了摆设。

采访在河心公共服务中心进行。"中心"也是成都援建,约莫三四百平方米,楼上楼下,窗明几净,厕所可以挂三颗星。

采访结束,我已走出一段,张向东追上来,非要用她的电瓶车送我一程。几分钟就到了目的地,我向组长道谢,她反问道:怎么谢我?

张向东拜托我写写徐伟。她说,河心人心里都惦记着他。

"政声人去后",凭这,徐书记值得一访。电话打了三次,最长一次四五十分钟,都是约他面谈。他找了一堆理由推脱,好不容易松了口,待我赶到成都,却又变了卦。

"读书是为了明理,而非谋生。"南怀瑾有言在先。想起徐伟"我们援建是为了给老百姓建房,不是给自己立传"的话,心里的气也就消了大半。

哪里跌倒,哪里爬起

白体明(六十岁,男,龙门乡青龙场村白伙组,个体户)

地震说来就来,不要人活命的架势。

老婆和儿子都是党员。老婆忙着救灾,儿子给救援部队带路。平时都是老婆当家,偏偏眼前一个烂摊子时,他们让我当家长,让我说了算。

龙门重建在全县起步最迟。乡上要党员干部带头建房,老婆问我咋整?我开门见山,跟我讲民主,最后还不是在你这里集中。话是这么说,我早想好了,迟早要修,不如顺她一口气。那是9月,我们不出三十天把一栋木房扯了起来。

多数人家这时仍按兵不动。他们并不是真想在"东风大酒店"日晒雨淋,而是想拖一拖等一等,兴许重建补助还有上涨空间。不怪他们贪心,这叫人穷志短。

说到"穷"字,有例为证。我的大舅子有个儿子,今年三十二岁。"5·12"地震后,他贷款修了四间房。为了还贷,他去外面打了四年工。原想还完账就回家,讨个媳妇过日子,哪料旧债未清,新房成了危房。回来不出三天,侄儿走了。走前撂下一句狠话:老天存心没留活路,宁在外乡做鬼,也不回来受罪。

不是"哭穷"。我想说的是,后来我们还是把房子建了起来,说明比起兜里没钱,心里没底更为可怕。

白伙来了工作组,白天上门宣讲,晚上开会解释,拿村民的话说,听得耳朵起茧。村里人不欢迎,工作组不灰心,仍然天亮就来,天黑才走。有道是只要功夫深铁杵磨成针,到了年底,有人开了窍,这是自然灾害,不能怨天尤人。

万丈高楼平地起。新村重建启动,调地首当其冲。七八十户人进聚居点,房基、微菜园加上公共设施,需要七十亩地。政府统一的补偿标准是每亩29360元,外加一千元青苗补偿费。十个手指头扯不齐，有人二话不说把地腾了出来，却也有人嫌补偿标准低，稳坐钓鱼台。这当中有一户三亩地在规划区，"自建委"的人脚杆跑断，口水说干，人家从始至终三个字：不得行。村上出面，工作组出面，乡长出面，统统都不管用。人家说，除了钱，天王老子我都不认。

火烧眉毛了，"自建委"主任张兰坪又去找他做工作。人家说，大伙修房我支持，但我也不能往后全喝西北风。要不把你家地调给我，这样我的地还在，大家建房也不受影响。张兰坪答应了，对方又看不上他的地。老婆这时又来找我讲"民主"。我家和副书记白华平家各自拿出一块好地，这道三个月长的坎才算迈过去。

还在准备买木料时，我就打电话劝侄儿回来建房，可任随怎么说，他耳朵里都像塞着被子。我把激将法都用上了：你的名额不用我可用了！这家伙仍然死猪不怕开水烫，说什么在白伙那是白活，八抬大轿也别想把他抬回去。

房子总算修了起来。我和老婆商量过，一是一二是二，等哪天侄儿回心转意，房子还是要物归原主。哪料这家伙地震当年没回来过，去年也没回。看来他之前说的不是气话，我们这才把当初替他修的房子装修一通，开起茶馆。

白伙新村修建当初就想着发展旅游，脱贫致富。还别说，这地方慢慢有了人气。前段时间，有人找到我，说我这把年纪还卖什么茶，不如盘给他来经营。对方开价三十八万，我想也没想就回话，房子是侄儿户头，得由他来做主。

说曹操曹操到,前天侄儿回来,先说给我拜年,然后亮明主题:在朋友圈看到白伙如今新村漂亮、前景光明,决定不在外面漂了,而是哪里跌倒,再从哪里爬起。

采访手记

信步白伙,耳畔传来《斯卡布罗集市》的音乐。见两位老人坐在屋檐下谈笑自如,我信步朝他们走了过去。白体明就这么跟我聊了起来。他说话不快,但条理清晰,每一句话都像拿梳子顺过一遍。

聊着聊着,他的儿子儿媳也围了过来。说起重建,不光白体明如数家珍,两个小年轻的话匣子也关合不上。聊到激动处,为了还原一个细节,爷儿俩针锋相对较上了劲。

该回住处了,一家人却要留我吃饭。白体明说:我们受了大灾还有饭吃,有好日子过,一半靠打拼,一半靠关心。关心我们的人可就太多了,上上下下、方方面面。我有一个体会,原来担心地震致贫,现在看来,重建也可能让人致富。

告别白体明,迎面驶来两辆"川A"牌照的轿车。说怪不怪,他们的"财神",明亮了我的眼睛。

倒也要倒出个漂亮姿势

王宗元（五十九岁，男，

龙门乡青龙场村白伙组群众工作组组长）

很多人都知道我差点当了"逃兵"，我就从这事讲起。

2013年9月21日晚上十点，一个电话把我从床上"抓"到县委临时办公点。参会的二十多人全在龙门乡工作过。我曾任升隆乡党委书记，因为升隆后来并入了龙门乡，我被"扩大"进去。

参会者当场成了青龙场村群众工作组成员。散会已是十二点过，六个小时后，我们的车向着龙门进发。至今记得，当时下着雨，天还没亮。

在此之前，身为县纪委监察局干部，我还兼任县农房重建办副主任。天天都在下面跑，毫不夸张地说，面上情况一清二楚。那时候，除了龙门，全县八个乡镇都在甩开膀子加油干。

之前只知道龙门重建几乎是原地踏步，去了才知道，天天都有老百姓闹着上访。究其原因，先前宣传政策过了头，画好的饼子眨眼就没，群众不依不饶。

工作组成了"出气筒"，有些话说得真是难听。等老百姓心中怨气出得差不多，已是国庆节后。顺便说一句，地震后芦山没有节假日，甚至不分白夜。县人大一位领导开玩笑：连轴转干工作其实也不错，因为不会生病。他指的是"假日病"。这样的工作节奏放在平时不可想象，但灾后重建关系到千家万户安居乐业，虽然也会叫苦,但干部没有牢骚。

我们被化整为零分到一线。我的战位在白伙,负责组织协调。

我想大干一场,身体却不争气。因是低血糖,风湿关节炎又严重,不等天亮出门,晚上十一二点回家,时间一长,身体拉起警报。到了11月底,天气变冷,骨头像要裂开,走路都成问题。几经犹豫,我写了一个报告,恳请组织放我回去。

那天县委组织部高部长来龙门开会,我正准备把报告交给他,他却像看穿了我的心思,抢先说了一句:领导派我联系龙门,就算天上下刀子,我也不当逃兵。我的脸肯定红得不成样子。"逃兵"这词多难听,而我一只腿已迈了出去!我把那只腿收回来,暗自下了决心,就是要倒,也倒出个漂亮姿势。

俗话说得好,小洞不补,大洞叫苦。为了防止房子立起来干部倒下去,工作组立下规矩:跑腿打杂的事,诸如征地划地、调解纠纷,干部必须冲在前面;但凡事关村民核心利益,诸如选购建材、确定施工队,工作组和村"两委"干部一概靠边,不得越界。

白伙重建还有一条铁律:不能不讲章法,不摆"火柴盒子"。以前农村建房不讲规划,修哪里、怎么修,完全自由发挥,随心所欲。最高峰时,白伙有九批木匠同时施工,如果又走老路,新村建起来,必定乱七八糟。所以我们一开始就制定标准,通过举手表决,变成集体意志:统一地基、统一房型、统一层高、统一水势屋面。

王阳明说得好,破山中贼易,破心中贼难。表面上重建户都不反对"四统一",背地里却不是那么回事。个别老百姓认为自家檐口或屋顶略高一筹，运势就占了上风，绞尽脑汁做起手脚。问题暴露，村"两委"和"自建委"的人想着低头不见抬头见，拉不下脸来制止。总得有人唱黑脸，我想，包公虽然很黑，但是"黑"得可爱。

有一家拉排列时偷偷往柱子下垫砖头，把房檐抬高了五厘米。我想拿它"开刀"，主人矢口抵赖：我家地势比别个低，垫上砖才能扯平。我一听心里有了数，因为"自建委"测定地基水平时我在现场。也不多说，我请来什邡方面援建人员，当着那家户主的面，把地基水平再次做了测量。事实胜于雄辩，那家人只得把柱子下的砖头老实抠走。

"猫和老鼠"的游戏一直都在进行。有一家房基只有四米宽，却偷偷下了四米二的料。二十厘米说多不多，但若不讲规矩，后面就没了方圆。做好的四梁八柱，长长短短一两百根。还是一个字，锯！

最麻烦的一户，地基划定后，阴阳先生拿罗盘一打，这地和对面的山犯冲，必须南挪三十厘米。拉排列那天，邻居跳了起来：搞啥子名堂，你的屋檐水要滴到我家过道上！我去处理时房架已立了起来，房主见了我，跳起八丈高：谁给我拆掉还得原样立起来，要不然，我一家老小到他的家里去住！

我家房子也垮完了，我还住在朋友家呢。交完底，我问他：你越位了，承不承认？

嘴上同意后退，那人却不甘心：拆拆装装，我出不起这工钱。

我说这个不是问题，不用拆除也不用重新组装，我们玩个"平移大法"。

重新打过基础两天后，旁边工地上一两百人帮忙，整架排列乖乖退了回去。

回头看，"白伙新村"修建过程就像一部电影。当初有人预言，白伙是全县唯一"统规自建"的新村，修不到一半就要"破产"。到最后，领导竖起大拇指，起初骂街的很多群众也和我们成了兄弟。

那份没有上交的报告我一直留着。人生值得回忆的事情不多，那一张纸，写有我终生难忘的龙门记忆。

采访手记

王宗元领衔的工作组是白伙重建的主心骨，重建政策通过他们在白伙落地，所有房架在他的指挥下起立，婆婆妈妈的事自然都得从心里和手中过上一遍。王宗元们扒拉过的鸡毛蒜皮无法一一记述，但是这不重要，真正重要的是故事发生的过程，以及过程抵达的结果。

深耕白伙一年又五个月后，王宗元转战赵家坝安置点。彼时，老王一家仍然借住朋友家中，居住条件被老王一手一脚拉扯起来的白伙新村甩了几条大街。他不仅不"吃醋"，还心心念念要找机会和张兰坪、白体明他们小酌几杯——"为白伙重生，也为缘分"。

2016年7月，王宗元就要到"点"退休。他说，拿一天工资，我都要有个上班的样。

芦山看龙门

陈钢（三十七岁，男，
芦山县龙门乡党委书记、乡重建委主任）

毛主席说过，政治路线确定之后，干部就是决定因素。龙门乡灾后重建这场硬仗能否打赢，干部至关重要。

十三亿双眼睛，甚至全世界的目光都盯着灾区。"4·20"地震，重建看雅安，雅安看芦山，芦山看龙门。要是吃了败仗，我们会被口水淹死。

龙门乡因灾死亡27人，受伤1236人；7587户农房全部受灾，重建4733户，维修加固2854户。震后不久，中央作出决定，实行"四川负总责，地方为主体"的灾后恢复重建方式，探索"中央统筹指导、地方作为主体、灾区群众广泛参与"的灾后重建新路子。这是一条不同于以往的重建新路，旨在通过由中央直接安排部署向地方具体负责转变，发挥地方的积极性、主动性和创造性，从而形成一套与举国体制互为补充、相互完善的重建新机制、新模式。时间紧，任务重，困难多，却又没有现成经验可循，一切都要摸着石头过河，压力可想而知。工作局面迟迟无法打开，自己能不能撑到最后，有段时间，我也严重怀疑。

发现悲观情绪在同事中蔓延我才警醒过来：怎么能长敌人威风灭自己志气？！《亮剑》里，李云龙的部队多有血性，只要有一枪一炮就不认怂，就敢直捣黄龙，把敌人打得嗷嗷叫。要想打胜仗，我们也要亮剑，也要有李云龙那样天不怕地不怕的坏脾气。

我把目光由看我们没什么转向看我们有什么。龙门乡有新村聚居点31个，重建项目221个，重建项目资金加到一起多达24亿。这些项目一旦落地开花，龙门的发展，至少可以提前五十年。更何况，我们是"背水一战"，而非"孤军作战"。总书记、总理先后到龙门检查指导抗震救灾和灾后重建工作，省委、省政府领导三天两头到灾区调研，市县两级把灾后重建作为压倒一切的中心任务，天时地利人和，我们一样不少。

发起冲锋，乡上几十号人不再有男女或是白夜之别。一个萝卜一个坑，那是平时；这个时候，人人都得脚踏两只船，甚至几只船。

乡纪委专职副书记代德华原定2013年4月30日完婚。代德华老家在云南曲靖，回家一次，汽车转火车，火车转汽车，单边就要三四天。他提前写了请假条，4月24日启程回家。地震一来，他向七大姑八大姨发出的请柬成了一纸空文。婚礼拖了一年，而且没有蜜月。

乡人大主席四十二岁，是个女同志。因为忙于工作，身体发出的警告，她一直置若罔闻。实在拖不下去才去了医院，拿到检查结果，竟是乳腺癌。连医生也替她惋惜：提前三个月来，或许就不用做切除手术。

痛定思痛，我们分批组织大家体检。谁能想得到，不管年近六旬还是二十出头，医生给出的建议不是"休息调养"就是"住院治疗"。医生的话平时谁能不听，这时候，全都当了耳边风。

我被查出胆结石。医生让做手术，哪有那个时间。到了2015年

4月，痛得扛不住，我才进了医院。人在病床上，电话却没断过。心里一急，术后一周，我说服医生回了龙门。雅安到芦山的公路正在重建，汽车一路颠簸，痛得我咬牙切齿。当天晚上，伤口开裂，出血引起并发症，我被紧急送进重症监护室。情况还在恶化，进院第三天，医院下了病危通知书。

华西医院ICU主任出马，把我从阎王爷手里拉了回来。那时我身上插着七根管子，医生说，都这情况了，再接电话就是玩命。可电话进来我能不接吗，我说，就当是一根电话线，就当是"非常7+1"。在医院二十天，我瘦了二十多斤。出院时，老婆说，估计娃娃都认不得你了。重建展开以来，我没有完整陪过儿子一天，逗他玩三分钟的时候，数也数得出来。

重建工作千头万绪、千辛万苦，最劳力费神的要数做群众工作。

地震纪念广场规划区内有一户人，两位老人年过花甲，儿子在监狱服刑。新房建好后过渡房必须拆除，可他们放话出来，不给钱就不得行。地震纪念设施因此无法施工，工作人员找上门五六十次，对方都一口咬定，不拿钱不走人。我上门协调又有不下五十次，说到嗓子冒烟，老头子瞪眼说出一句话：要拆可以，除非把我们也关监狱！工期等不得，县领导下令限期拆除。头脑一热，我冲领导发火：把我撤了，我也无能为力！

后来这户人还是自觉自愿把过渡房拆了。那是在听人说我生病丢了半条命后。

五星村，河堤重建征地遭遇狮子大开口。驻村干部骆国琴耐着性子讲政策，好话说完，笑脸赔尽，人家都无动于衷。那天老骆再次上门做工作，被人一顿大骂，祖宗八代都扯上了。老骆五十八岁，为人老实厚道。一辈子没受过这样的气，加上长期超负荷工作，刚一到家就瘫倒在地。等老骆做完心脏搭桥手术，我去医院看他，正愁找不到一句安慰的话，却听他说：百分之九十的群众满意我们，就凭这点，骂过风吹过。

这次重建，全乡要征地7675亩，迁坟4429座，难度可想而知。好在我们有两百多名乡村组干部，好在龙门两万四千多乡亲绝大部分通情达理，好在成都、什邡和市县下派的援建干部不把自己当外人，和我们同甘共苦，风雨同舟。到现在，龙门乡住房重建全面完工，221个重建项目收官220个，累计完成投资23亿元。让群众住上好房子、过上好日子、养成好习惯、形成好风气，龙门已经上路，龙门风景无边。

采访手记

采访陈钢起先并未列入计划。和重建户聊天，不断听人提起他，说他是"两好干部"。问是哪"两好"？答曰：一是身体，二是人缘。话中自有深意，我对两点都感兴趣。

约他在我住的旅馆采访，所图不过清净。哪知我仍然不时被晾在一边，看他左手接一个电话，右手拿手机记另一个号码。当时就想，地震几年了还这样忙，之前又是怎样的光景？

说好的两小时刚到，陈钢便起身告辞，一个产业发展专题会议在等着他。"三年基本完成、五年整体跨越、七年同步奔小康",芦山灾后重建,不仅要"原地起立",更要"发展起跳"。

陈钢走出白伙新村,走过新村前波光潋滟的荷花池,走过一片标准化种植的猕猴桃园,消失在古色生香的龙门古镇。我把目光投向古镇上空,天光明丽,瑰丽云彩铺成的大路正浩浩荡荡通向远方。

飞机还要刹一脚呢

骆志秀(四十九岁,女,龙门乡王家村石刀背沟组村民)

我家砖木结构的房子,砖头被地震抖了一地,剩下一个光架架,还是东倒西歪的。没办法,扶正房架,绷上油布,我们还住里面,一住一年多。

村里的重建早已启动。上面规定,2013年12月30日前开工重建,除了建房补助,还可以额外得六吨水泥。女儿成家后就和我们分了户,如果年底前动手建房,两个户头可得十二吨水泥。可惜我家房子动不起来。儿子办喜酒的日子早就择下了,2013年12月14日。本地规矩,男方"倒插门",如果没有新房,得由男方出钱建。儿子要到火炬村做上门女婿,钱和力气,都得先去那边。

办完婚礼,离元旦只有十三四天。虽然公路就在眼皮下,但房基高出路面两三米,进进出出都不方便。为了一劳永逸,这次重建,我们决定把山坡铲平。平地先得拆木房搭窝棚,忙完这些就没时间了,十二吨水泥,眼睁睁打了水漂。

就当他妈没生他。这么一想,心里一痛,也就过了。

正式动工是在开年之后。房子修到一半,听说有人在我家后面动工,却得了六吨水泥。我找村上干部讲理:别人可以有,我家为啥不能?他东拉西扯讲了一大堆,听起来却是牛头不对马嘴。我一句话给他说白了:那是你家亲戚!

那天村里开会,乡上有人参加。我不请自到,在会上做了发言:一碗水端不平的干部,最好回家卖红薯!这时王敏来了,把我拉到一边。他说那户人算是困难户,让我别把人家的好事搅黄了。

王敏是我的上门女婿,老家在王家村月台组。

这门亲事是我托人订下的。起初女儿不答应,说王敏老实,这世道老实人要吃亏。我说我正是看上他的老实,要说吃亏,吃亏是福。女儿说我不和他一屋过,站着说话不腰疼。我说我过的桥比她走的路多,这次最好听我的。女儿最后提个条件,除非他当上门女婿,有我罩着她。

就等王敏一句话。王敏爽快应下。王敏这娃,是个"方脑壳"。

龙门乡地震后就成了大工地。王敏有辆汽车,载重十几吨。眼看着来了挣钱机会,可月台那边房子垮得也凶,爹妈没了住处,王敏不能不管。我们的房子要修整,舅子的重建要出力,王敏忙了这头忙那头,几个月没摸到方向盘。

船过三滩,他才开车上路。

那时砖价比平常高,而且凭票供应。路只有二三十里长,跑一个来回却要三五天。白天挤牙膏般挪车,晚上骑摩托回家睡觉,第二天一早再接着去挤牙膏。最长一次,王敏等了九天。这才有了一条不成文的规矩:司机排队拉砖,买主每天补贴一百元。我们组十多户人请王敏运砖,他从没收过一次"怠班费"。这都不说,每匹砖的运费,还比别人少三分钱。

拉砂石他同样发面馒头送闺女,实心实意。见他把厂方开的货单亲手交给买家,亲戚劝他顺大流:你运费按平时收也就算了,"涨方钱"也不挣,就不晓得自己也要重建,也要花钱?王敏说,大家都受灾了,鸡脚杆上剐油,我做不出来。

山区人家以前多住木房,其中一些后来搬到山下,木房立着无用,朽了可惜。为省事,也图节约,本村很多人都是买回排列搞重建。周进洪在太平镇谈妥一架排列,好不容易找到一辆农用车,拆下的排列刚装了三分之一,司机就坚决喊停:山高、弯紧、路又窄!农用车回来后,打死不愿再去。

周进洪找到王敏,王敏有心回绝,却说不出口。随车前往帮忙的人到了山下都改为走路,汽车不可能自己上去,王敏硬着头皮往前开。汽车几次打滑,车轮几次悬空,王敏想回去,可哪里还掉得了头!

多亏老天有眼,娃娃毫发无损。排列拉回来,周进洪问起运费,王敏说,农用车收多少他收多少。人家过意不去,说他的车比农用车多载一倍,而且去时下雨,当天不能拆排列,多花了一天时间。王敏说,人对了飞机还要刹一脚呢,就算不收钱,"干帮忙"的事该干还得干。

搬进新家后,我老公和女儿去别家工地打工,王敏还跑他的车。家门口扩修道路工人多,我开起小卖部,挣点油盐钱。一家人拼了一年多,修房欠下的债,已经还了一半。

采访手记

我是冲王敏去的石刀背沟,却先和他的岳母大人打了照面。一张口就夸女婿好,听起来姑爷才是亲生。

王敏眉清目秀,沉声静气,要从他嘴里出来话得拿话去撑。问他为啥和钱生了仇,他跟我讲起另一码事。和他家隔着两户人的张体平家,建新房就靠两口子的四只手。地基还是原来的地基,只不过新加了地圈梁、构造柱;房还是砖混房,只是有三分之一的砖是从废墟中挖刨出来的。王敏讲完,笑得含蓄:都是乡里乡亲,大家都不容易。

"养活一团春意思,撑起两根穷骨头。"曾国藩这副对联,小伙子值得拥有。

"心"不变就好

(胡惠武,六十岁,男,飞仙关镇飞仙村上关组重建户)

地震时我在成都打工。好不容易才打通老婆电话,她的第一句话是,家里房子差点垮完,快点回来!我说有啥好慌的,天塌下来高个子顶着——不是还有人民政府吗?

老婆天天催我,一哭二闹三上吊。她说和她结婚的是胡惠武不是镇政府,我再不回去这个家她也不要了。在外工作的两个娃娃担心我真给他们找后妈,催我回去,电话打得那个勤。

我家房子小,地震一闹,和老鹰扒过的鸡窝没两样。临时棚屋是用木板和塑料薄膜拼凑起来的,遇上下雨,人像住在水牢。这才晓得为啥老婆一天都不愿我在外面多待。她是小儿麻痹症,力气细如草,关键时刻看不见我,就像唐僧弄丢了大徒弟。

修补过的棚子比以前牢靠了许多,但住在里面仍是度日如年。这中间也想过动手重建,毕竟其他村动工的已经不少。但重建补助没有预想的高,村里人稳起不动,我也只有顺大流。

就这样过了大半年,大哥急了。地震后隔了不到一周,大哥就从雅安到了我这儿。先前过来,他一般坐上一会儿,摆几句龙门阵就走了。但是这次,他的屁股像是粘在了凳子上。

大哥要我马上动手,我没吭声。

他问我:是不是手头紧,钱不够?

建材一涨价,国家的重建补贴等于给了别人。大家都不修,我出啥风头?我答得听起夸张,却是实话。

大哥脾气好,那是以前。他拍着桌子大声说:别脑袋上拉屎还嫌头顶不平!人人都靠政府,政府又靠哪个?

发完气,大哥语气缓和下来:我和你二哥三哥每人赞助一万,你还有点老底,加上重建补助和贴息贷款,应该问题不大。

这话我听着不舒服。大哥是退休工人,手头并不宽裕。二哥的房子也要重建，三哥刚从企业退休。我们弟兄三个的日子可以说卖砂锅摔跟头没一个好样的，我咋好意思给他们增加负担？

大哥并不理我，当场给二哥三哥打了电话。

三天后，大哥又来了。啪一声，三万元现金砸在我的手上。

重建少说要一二十万，填补缺口，必须向银行伸手。我一辈子没欠过别人一分钱，真要这么干，我既觉得脸上挂不住，又担心以后还不起。更让我摇摆不定的是，上关几十户人都劝我再等等，说不定熬到最后，政府会建好房子，让我们白白入住。

一个星期后，突然有人带信，叫我下山背砖。当时可真是丈二和尚找不着庙门——我没买过砖呀，哪里来的砖？

原来，二哥晓得我有活思想，自作主张为我订了一车砖。三哥有个儿子平日里开汽车跑货运，也是不由分说，给我把沙子运到山下。那些天，侄儿侄女们你前脚走他后脚来，有的塞给我千儿八百，有的送来猪肉，有的扛来大米。一推，二打，三拉，他们这是要逼出一座新房子来！

背砖背沙子，不光背上，我心里也冒着毛毛汗：我先动了手，村里人会不会拿我当"叛徒"？

一个多月后，我备齐了一应材料。四万匹砖、四十五方沙子、十六吨水泥、七方石头，差不多都是通过我的两只肩膀爬上来的。这把骨头还结实，这次"体检"，我没花钱。

木料是在雨城区晏场镇采购的，汽车拉回来时赶上下雨。怎么也没想到，几十个邻居不请自来，二话不说帮我往山上扛。木头没挨雨淋，没人嫌我"叛变"，我的心里，那是电线杆上挂邮箱——高兴（信）！

镇政府工作人员天天都到工地来。他们指导我办好贷款手续，又协调电力公司挪开了影响施工的电线杆子。有石匠出身的二哥在，技术上我也不担心。我和老婆负责打杂，几个娃娃抽空回来帮忙，房子修得顺风顺水。拉排列那天是2014年4月1日。我打算请四五十个亲戚朋友帮忙，哪知来了一两百人。

临到盖瓦，我对女儿、女婿、儿子、儿媳说，我想用琉璃瓦在屋顶拼出"中国梦"，因为没有国家支持，我们也不能圆梦。几个娃娃说，"梦"字用瓦不好"写"，干脆换作"心"。都要动手了，念过大学的儿媳又来了灵感：房顶有两个坡屋面，要不我们正面大写中国"心"，背面来一个英语的"爱"——地震后全世界都在关注芦山，沾点"洋气"也是天经地义。

万事俱备，还差一副对联。草稿我早在脑子里打好了：灾后重建住新房，好比新娘坐产房。大哥差点笑岔气，他说新娘直接坐产房，那是未婚先育。多亏大哥肚子里墨水多，他拿笔一挥，就有了大门上贴的这一副：灾后重建村新家旺，改革发展国富民强。

建完新家，我没出过飞仙关半步，全部时间都用在就近打工。今年春节前，六万元贴息贷款一分不少还清了。一年零八个月，利息总共不到四百块。

以后的日子，我有我的梦想。我的梦想是把女人照顾好，一家人平平安安。

采访手记

胡家新房属于经济适用型,胡惠武却满足得不得了,邀我楼上楼下参观。他的嘴上,一句话说了岂止三遍:我家以前只有几十平,现在足足有三百平!

很长一段时间里,老两口没有敞开吃过几顿肉。还完贷款,生活重新有了光泽,有了滋味。老胡说,今年是猴年,让我想起《西游记》里一句歌词:敢问路在何方?路在脚下!

老胡口中的"路"把我的目光牵引到了眼前。飞仙关不仅是茶马古道上西出成都第一关,亦是古蜀国连通中亚、西亚的咽喉,当年司马相如出使西南夷,正是打胡惠武家大门前策马而过。自从20世纪50年代川藏公路建成通车,古道凋敝,胡家所在的上关门前冷落,也就难怪,村里人渴望通过易地重建"回到从前"。

山不转水转,一条新修的大路爬到上关。老胡说,这条路像一根长绳,把他们的心和过去的故事拴在一起。

这账要看怎么算

彭家云(五十五岁,男,飞仙关镇飞仙村"自建委"主任)

本来我家有两栋房。两次地震,一次毁掉一栋。

不是吹牛,后面修的那栋比碉堡结实。"4·20"那天,蓄在楼顶的水哗哗往下泼,从屋里往外看,窗户成了"水帘洞"。饮水机、冰箱、洗衣机全都摇倒在地，房子屁事没有。

这房子半年后还是拆掉了。老婆舍不得，眼泪流成河。再哭也要拆，她被人强行带走。

政府拆掉了我家房子。

同意拆迁的字是我签的，把老婆带走也是我的主意。

这事我得从头讲起。2013年8月，镇村干部开会宣传：根据重建规划，配合飞仙关4A级旅游风情古镇打造，姚家坝要用于安置受灾群众，四十多栋房屋得全部拆迁。

大家一时间都很激动。打造景区、修建栈道、迁建新房，怎么看都是好事。但有人兴奋点不在这儿，他们想的是：拆迁户，拆迁富！

历史上，飞仙关是个重镇。即使现在，作为318国道和210省道的交会地，每天来来往往的车辆仍然不计其数。只可惜，由于缺乏规划，建设没有章法，飞仙关越来越挤越来越乱，别说外人没有好印象，连我这个"老飞仙"也是恨铁不成钢。规划变成现实，无疑是当地人受益最多。但多数村民看不了那么远，他们只关心：拆我的房，赔多少钱？

连带装修，每平方米最多能拿到一千四百元补偿款。政策公布，当初指望"拆迁富"的人急得骂娘。我家里的人也都嫌补偿标准偏低，儿子把一句从外面捡来的话说了无数遍：谁签这协议，谁是鬼迷心窍！

我说：这是灾后重建，想发国难财的才是鬼迷心窍。

家里人说我吃错了药，争先恐后给我喝"还魂汤"。

老婆说：我家房子好好的，凭啥说拆就拆？

我说：还有那么多人没地方建房，该拆就得拆。

儿子说：拆也不能让我们吃亏，国强民弱，政府不该以大欺小。

我说：你娃懂个屁，这账要看怎么算。飞仙关一旦建成4A景区，不光我们沾光，子孙后代都要跟着受益。

女儿说：就是菜市场买菜，也还可以讨价还价。

我说：政府又没跟你做生意，你讲啥子价？再说，多拿三万两万，你也发不了财。

他们还有话说，但我没给机会：不管三七二十几，这字我签定了！

儿子冲我发了火：就是你签了，我们也不得搬！

没管那么多，我悄悄把字签了。那时距政策公布刚好一个星期。

风言风语紧跟着就进了我的耳朵。有人说我拍领导马屁，有人说我八辈子没见到过钱，气得我龙肉吃在嘴里也是锯末滋味。这时家里人反倒站出来安慰我：不签已经签了，何况你说的话多少有点道理。

一座冰山慢慢融化了，四十多座房子，一两个月里全部拆除。

"古道木韵"新村聚集了飞仙村五个组九十二户重建户。每个组推选一人组建自建委，我被选成主任。

一开始我也搞不懂，村上有党支部有村委会，为啥还要成立自建委。后来明白了，村上干部未必就是重建户，而自建委成员百分百是"自己人"。群众不用疑神疑鬼，政府也不必大包大揽，"自建委"，是芦山重建"新发明"。

新村由专业机构负责设计。设计思路是生态文化旅游融为一体，"住家"与"养家"合二为一。方案确定就要交建房款了，银行户头是新开的，乡重建办负责人、村委会主任和自建委主任同时签字，钱才拨得出去。

施工单位由自建委全权确定。拍板前，我们对六家竞标企业逐一考察，将每一家的实力、信用、价格、质量都在心里的"秤"上过了一遍。小心驶得万年船，虽是精挑细选来的，对于中标单位，却不敢盲目信任，我们自建委的几个人，每天都要到工地上转上几圈。有一次，我发现一组排列柱头弯度过大，当即责令整改。施工方先是找借口搪塞，此路不通后又说，毕竟只是个别情况，你睁只眼闭只眼也就过去了。我问他，房子建成后，如果一抓阄正好是我家的，我还能睁只眼闭只眼？

撤换掉十四根柱头后，老板提来两瓶酒，想换我多拨一点进度款。我对他说，就算真想，这酒我也喝不成。自建委"三权分立"，我这个字，签了等于没签。

时间不知不觉过去了。"古道木韵"建成，我家开了茶铺，取名"颂德茶庄"。

采访手记

飞仙关算得一道新景。南北场镇一衣带水，"古道木韵"新颖别致，再加上环湖栈道、登山天梯、二郎古庙、后山茶园，把个芦山南大门装点得卓尔不群。

彭家云为此春风满面。然而，行文至此，我的电脑屏幕上浮现出另一张面孔。两年前，老屋倒下，她难以自抑地泪奔；两年后，住进新家，老家的模样，在她的脑子里愈发清晰。

女主人廖云英浑朴率直。以前住在路边，自家种的猕猴桃不愁卖，进了新村，"口岸"不再，收入打了折扣。但是她说，一人吃肉不会香，我不怪老彭。

千金易得，信任难买

张锦蓉（五十二岁，女，清仁乡横溪村重建户）

2011年，老袁被查出食道癌，两次手术下来，掉了四十斤肉。医生千叮咛万嘱咐：一定要按时吃饭，老实吃药，保证休息。他在医院点头点得鸡啄米，一回来却把医生的话忘得一干二净，早上八点去村上，雷打不动。担心他身体吃不消，我要他辞职回家。他也答应了，但要把这届干满。

从1991年到2000年，"倒插门"到了横溪村的老袁一直是老家大同村党支部书记。2001年，因为在林业站兼着职，政策不允许，他辞了村上职务。新班子发展集体经济欠了债，2007年，组织上动员老袁回来参选。三十三张选票，张张画的都是老袁的钩。老袁比以前还要忙，我说他不该吃这"回头草"，他说千金易得，信任难买，干得一天比一天起劲。这回他说"把这届干满"，好歹是有了盼头。

"4·20"那天，电话打不通，我的心只差从胸腔里跳出来！人都要急疯了，才有人告诉我，他在光明组抢救伤员。

那天老袁像是得了失忆症，根本就认不得我。他的眼里口中，只有张三李四，王二麻子，只有大同村里那些人。其实我也快认不得他了。手术后一年里我没让他吃过喝过一口冷的，可是那天，他喝了半箱矿泉水。我熬好中药送过去，守了半天，他眼皮也没往上抬一抬。如果他的时间有一道缝，我真想挤进去问问他：地震又不是我引起的，你为啥要跟我过不去？

第二天凌晨三点过他才到家，还是朱乡长安排人"强制"送回来。我忍不住冲他大吼：你这是假积极，是慢性自杀，是对一家老小不负责任！

老袁回我一句话：如果地震时被砸死了你又骂谁？既然活着，我就要像个书记！

我把一口气强咽回去。他不是病人，他是我的祖先人！

地震后事情多得不可细说。老袁每天喝三次中药，每次都是我煎好后趁热送到村上。去前先打电话，他说在东我往东，他说在西我往西。我一手一脚领大过几个娃，没一个有他淘气费神。

我和老袁讲道理：身体一垮啥都没了，这样的道理还要我教？

他说，既然地震不因为我得了癌症就放过大同，我也不能把村上的事放下不管。三十三张选票值得起一条命——何况没到那个地步。

我说，跟你一起进手术室的人已经走了两个，见了棺材，你也不落泪？

沉默一阵，老袁说，搞好过渡安置，慢慢会轻松起来。

说得倒是轻松。医生有言在先，术后两年内，每三个月必须到医院复查，可他第一次复查就拖了六个月。

早知道不去做这检查。医生说术后恢复良好，这句话成了他刀枪不入的挡箭牌。只要谁劝他放下手上工作，他就把医生的话搬出来，然后反问一句：听你的还是听医生的？

大同是个大村，差不多四百户重建，超过全村一半。老袁不到八点出门，天黑尽了才回家，有时前脚刚踏进院子，后脚就有人和电话撵进门槛。

有个叫胡金花的重建户，开工不久，因建筑质量同施工队闹起纠纷。胡金花要老袁主持公道，施工队要支书明察秋毫。建筑这行老袁是"老外"，为了以理服人，不吹"黑哨"，他躺进被窝还盯着手机，上网补课。

胡炳良家房子修到一半，包工头不见了。那家伙在别的地方犯事，落到了警察手上。为把交出去的建房款收回来，老胡一天往我家跑三回。老袁找了政府找公安，帮他把钱一分不少追回。

大同村有个小车子聚居点，头一批次十一套住房，层高比合同上少了十一二厘米。重建户到工地阻工，施工方却找了一堆理由，拒绝整改。眼看"火药桶"要引爆，老袁软硬兼施，先把事态控制住。接下来，又是请专家现身说法，又是找双方沟通协商，直到他们再无二话。

这些事都是从眼皮下经过的，更多时候只知道他在忙，至于究竟在忙些啥,我没工夫关心。我家受灾也重,也要重建。而他,回家搬一匹砖我也舍不得。

2014年2月,瘘肠找到老袁,又得住院开刀。任我怎么说,他都不肯去医院,理由是马上就是灾后重建一周年,手上的事情放不下。只有搬救兵了,我挨个给娃娃打电话。可你不敢相信,三个娃同样拿他没办法。

手术拖到10月才做成。这之前,抱着一点侥幸,坑蒙拐骗的手段我都用上了。其中一次,我把摩托车钥匙藏起来,说,答应住院我就还他。可他甩着两条火腿,照样风雨无阻。还钥匙给他时我哭了,他这才说,再过一年重建也就结束了,到那时,你别想把我撵出门。

采访手记

袁超爱说两句话,一句"荣誉是大同人给我的",一句"从鬼门关回来,每活一天都是赚的"。

见到袁超时,他正和人商量土地流转的事。大同村两千亩土地完成"身份"转换,在企业与农户之间、乡村与市场之间、当下与未来之间,袁超正尝试架起一座桥梁。不忍过多扰攘,我来到横溪,在"另一半"的讲述里,取回几个有关袁超的生活切片。

很难想象一个被病痛吞噬掉四分之一体重的人是如何扛起数倍于日常的负荷。袁超做到了,难怪有人对他的名字如此解读——原来,他是一个超人。

我比谁都有信心

苏凤鸣（五十四岁，男，龙门乡红星村党支部书记）

红星村只有六个组，却有九个新村聚居点。这说明两个问题，一是灾情严重，二是地势受限。

选址最难的是高家坝，一百一十户重建，七十多户报名进聚居点。高家坝没一个地方能安置这么多人，想办法落实下马家、荒地两个点，还有四十四户的地基没有着落。瞌睡遇到枕头，对口帮扶的雅投公司来了。挖掘机推土机昼夜施工，乱石荒岗上开出一块地，挨边二十九亩。

说到开地，还有一段插曲。

红星逢二六八赶场。"场"在路边，安全隐患严重，而且经常堵车。这次重建，上面规划新建农贸市场，选址在红星砖场。基脚开挖，挖到"金疙瘩"，一块大乌木，估值千把万。县上有部门闻风而动，说这是国有资产。砖厂在铜古组，占着二十多户人的地。这些人不干了，说我们地里的东西，凭啥交给你们。

权属之争掀起一场风波。无休无止地争辩起哄，没完没了地上访扯皮。

我家是原址重建，8月份就开工了。本想抛砖引玉，可是到了10月底，围着乌木闹得沸沸扬扬的铜古组，重建仍是一潭死水。有人分蛋糕，有人看热闹，我的心情，说句难听的话，尿脬都要急爆。

如有神助，外地有一宗类似的乌木归属悬案尘埃落定。依葫芦画瓢，有关方面把乌木拱手交还村民。事情到这儿还没完。乌木如何卖，卖了怎么分，新一轮斗争在二十多户人中间展开。浮起的瓢按下去，已是11月底。

重建新家这一年，很多人蜕了一层皮。一栋房子要二三十万，再壮实的牛也经不住折腾。何况这些牛，本来就皮包骨头。

这次重建，政府制定了产业规划，出台了扶持政策。目的显而易见：既要住进新家园，又要脱贫奔小康。

联系红星的领导引进川西地区最大一家智能化养鸡企业来村里考察。产业重建的政策杠杆一撬，企业信心爆棚，立马搭窝下蛋。仅仅一年后，他们便建成蛋鸡标准化厂房十四栋，存栏蛋鸡六十万只，还把农业部"蛋鸡标准化示范场"的牌子抱了回来。

一花独放不是春。借鸡生蛋，互利共赢，这才是我们的兴奋点。

鸡苗养成蛋鸡后，农户从场里"借"回家去。投喂场方配发的饲料，产蛋率一般都在九成以上。也就是说，"借"回一百只鸡，每天少说能产九十个蛋。企业保底回收，鸡蛋每个八毛，利润占到一半。

村民参与热情高涨，"一千户养鸡"的目标指日可待。乘势而上，我们又确立了"两个一千"的发展目标：栽种一千亩核桃、一千亩生姜。红星村山多地广，栽核桃是因地制宜。种生姜也不是想当然，而是来自市场调查。栽树周期长，种姜收益好，养鸡见效快，长中短相结合，为这套"组合拳"叫好的人还真不少。

楼下组周学泉有精神障碍，儿子快三十了还没找到对象。地震后，除了政府补助和贴息贷款，周家再拿不出一分钱。结合"精准扶贫",我们协调养鸡场"借"给周家一百只鸡。场方不仅没收押金,还承诺等他家积累经验后,扩大出借规模。不光如此,政府还为周学泉妻子安排了公益性岗位。

红星村有贫困户二十二户,除此之外,还有不少村民因为重建背了债务。"精准扶贫"拉一把,产业发展推一下,有了这两手,日子往好里过,我比谁都有信心。

采访手记

以前去红星,只有独独一条路。现在再去,多出来一条龙门乡村旅游环线。

村支书直奔主题,拿两条路说事。一条是重建路,一条是致富路。所幸汗滴落处,新楼林立,新路延伸。正因如此,苏凤鸣说,干了二十多年村支书,这几年最是"过瘾"。

苏凤鸣算得上老牌支书了。看到高高立在村委会旁的"红星村千亩生姜种植基地"大幅招牌,我很自然地想到一句话:姜还是老的辣。

去红星采访是正月十四下午。回程,今春最大一场雨,突然从天而降。

"春雨贵如油",相信这是吉兆。

凉山少年

楔　子

　　这是需要勇气的：从四通八达的地方去无路可走的地方，从早已告别煤油灯的地方去二十一年后才通电的地方，从水龙头一扭就有甘泉涌流的地方去背水喝抬水喝还得熬夜排队的地方。然而，李桂林去了，陆建芬去了，年方两岁的儿子和刚过百日的儿子，也都被他们把户口从老家汉源迁到了大凉山上。

　　李桂林陆建芬夫妇感动了整个中国。2009年，他们的名字，连同"感动中国"组委会授予的颁奖辞传遍了千家万户："在最崎岖的山路上点燃知识的火把，在最寂寞的悬崖边拉起孩子们求学的小手，十八年的清贫、坚守和操劳，沉淀为精神的沃土，让希望发芽。"

　　又十二年过去了。很多人已不再记得他们，但是，李桂林和陆建芬仍然坚守在大凉山上，坚守在三尺讲台上，坚守着他们"不让大山里的孩子输在起跑线"的初心与梦想。整整三十年，一份初心没有动摇，一个梦想没有变色。一种无形的力量向我发出了无声的号召：为夫妇俩写一本书，不谈牺牲，不谈奉献，不起很高的调子，不用很大的词，只写风雨中的坚持，名利前的选择，前行中的曲折，平凡中的悲喜。

我还真的去了。2009年冬到2021年夏，我七赴绝壁边缘的二坪村，倾听、探寻、观察、记载，一步步走近两位老师的精神原乡、一座彝村的梦想腹地，为一本取名《在那高山顶上》的书。

这些少年就是在这个过程中与我相逢的。他们都是二坪村村民，都是李桂林陆建芬教过的学生。

"少年"这件衣服穿在今天的他们身上，也许会有人觉得不搭，觉得"过时"。但我偏是觉得恰如其分——因为他们与岁月里的"少年"相去不远，也因为"从前那个少年，没有一丝丝改变"。

逐 梦

遇见阿木尔日，是因为阿支子洛。

女人穿一件高腰棉衣，大朵大朵的牡丹开满了上半个身子。

阿支子洛家的木屋主体略略倾斜，拿人比，是一个身材已不板正，但神气还未坍塌的老者。石头砌的基脚比周遭高出尺许，石头与石头间没有水泥，填充其间的是看得见的碎石和看不见的手艺。屋子正对面，被当作院坝的空地上有一半面积堆着玉米秸秆，空出来的一半似乎在替玉米秆诉苦：这是什么院坝啊，也不知是泥巴填在石头间还是石头杵在泥地里。院坝边上，靠近我和阿支子洛站立的地方有一个深坑，上方悬着一个水龙头，拖着黑色胶管。房子向着南方，东边屋檐下有个矮棚，棚顶压着两捆竹子和一些晒得看不出原色的藤藤蔓蔓。棚底下三五只鸡高一声矮一声、有一搭没一搭地叫着，孤零零的木屋和乱糟糟的院坝，因此更显寂寥冷清。

阿支子洛是十九岁那年从黑马乡嫁上山来的，那之前她和后来结了婚把日子过到如今的阿木呷日只见了一面。阿木呷日常年在外打工，今年夏天摔断了腿，腿刚好又出了门。大女儿阿衣列布在雅安读高二，成绩还过得去。小女儿阿呷子且在二坪小学读书，成绩也还可以。男人拼了命去外面找钱，就是为了她们能把书一直往下读。家中十亩地成了她一个人的"责任田"，种苞谷、豆子，也种荞子、花椒。除了种地，她还喂了五头牛、两只羊。羊羔是省监狱管理局送的。

不知怎么就说到阿支子洛一个字都不认识。我很好奇，指着她手上的移动电话，电话号码全靠记，记性也太好了！

本来只是一个疑似健忘症患者艳羡的感叹，她却听成了怀疑的意思，有些窘迫地说：号码还是存了不少，不过没有名字。我不该怀疑她说的话，实际上也没有，但我还是接过了她调到通话记录界面的手机。果然是一个单调枯索的阿拉伯数字世界。"王司机"是整个数字世界仅有的汉字，就像沙漠里的一棵光棍树。我眼前一亮，这个王司机是怎么跑进去的？不知是我的话还是表情引得她咧嘴笑了：是他自己打进去的。

她说的"打"，是"输"的意思。她还真的是说出了这个字来：

我这一辈子，是输在不识字了。她接着表扬李桂林和陆建芬，有了他们，两个娃娃才有书读，才不像我，一两百个号码全靠死记硬背。

娃娃读书，负担很重吧？阿支子洛说眼下主要是大女儿开销大，书本费、各种教辅资料加上生活费、交通费，一年再怎么都要一万多。好在现在政策好，共产党搞脱贫攻坚，省监狱管理局帮扶二坪村，给村里考上大学的娃娃每年资助四千元，考上高中的每年资助两千元，有他们帮衬，咬紧牙巴还扛得住，等小女儿也上了初中，那时候才是最大考验。她接着又说，不管再难，只要娃娃愿意，书还是要让他们往下读。远的不说，考上大学的不说，你看人家阿木尔日，和没好好读书的人生活质量都不一样。

我没问她有什么不一样，但她知道，我其实想听她说说，到底有什么不一样。因为我站在那里，脚下没动，嘴上也没动。这些都是等的意思。她没有让我等下去，而是抬手一指，你看，人家修那么大一座砖房！

阿支子洛指着的砖房，主体被她家房子挡住了，孤立在二楼上面的一间屋，像水鸟在水面上探出个头。如果在城市，这就是一个毫不起眼的角落；如果在烟波浩渺的海面上，这就是一艘小艇、一点帆影，是行色匆匆的人们熟视无睹的存在。然而，这里是悬崖之上的二坪，是竹笆房仍未绝迹、老木屋占了半壁河山的二坪。阿支子洛的话还在放大着我的惊奇：阿木尔日不光花三十来万修了这座房子，还花二十万彩礼讨了老婆，如今娃娃都生下来了，除了他自己努力，文化也帮了大忙！

餐桌上，我提起什哈阿麻和阿支子洛，提起他们的房子。陆建芬说，你来时看见新村了吧？二坪村一百零四户人，每家每户在那里都分了房子。她这么一说我倒是想起了一个问题，为什么我昨天过去看了一下，家家都关门闭户？李桂林接话道：房子还没干透，一时还没法住人。另外也有一些原因，比如二组、三组的人嫌搬过去种地不方便。我又提到阿木尔日。李桂林停下筷子，说这娃娃可惜了，要是条件好，多半能考上大学。他的脸上满是遗憾，就像与大学擦肩而过的是他的儿子，或者是他自己。陆建芬接着感叹，阿木尔日天生就是读书的料，那时候李桂林教五六年级，我教一年级，他两科都考了九十多。李桂林瞪她一眼，就像你好能干一样，我把他教到毕业，成绩最差的一次也没出前三。陆建芬也不拿正眼看他，那是人家脑壳好用，加上我基础打得好。李桂林说得一本正经：人家脑壳好用是真的，要不是被你耽搁一下，到我这里也不至于毕业考试时掉了几分……

阿木尔日是八岁那年进的学校。头年9月，开学那天，阿木尔日第一次发现，和他天天一起玩的阿木尔布、阿木耶巴、克日阿木有了不一样的地方。他们挎着书包往学校去，他跟在身后走了一截，被父亲追上来一把拉住：他们是不听话才被关进去的，你比他们懂事，我才舍不得关你。我和你妈下地去了，你在家把弟弟妹妹照顾好，回来给你糖开水喝。

舌尖上的甜味消失得并不比一只喜鹊从头顶掠过更慢。阿木尔布他们下午三四点钟就回来了,回来的时候比以前笑得爽朗,跑得比以前欢。起初他还有些好奇,怎么他们被关了大半天还乐呵呵的,看起来比吃了糖开水还开心?慢慢地,他发现自己的开心在变少,而他们的在增多——难道他们斜挎肩上的布袋子里装的都是快乐,难道他们拿着印了花花绿绿图片的满是蚂蚁一样符号的被叫作"书"的东西,摇头晃脑念的那些"咒语"里藏着让人快乐的秘密?难道是他们一天天一点点偷走了自己的快乐?

木乃拉哈家老大的魂被不干不净的东西弄脏了。村子里慢慢有了议论。木乃拉哈是阿木尔日父亲。这句话,父亲的耳朵听不到,但眼睛看到了。这些话要么明晃晃地挂在左邻右舍脸上,要么在他们刻意掩藏的眼色里露出了一截子尾巴。木乃拉哈不得不做出回应,而他的回应方式是带阿木尔日去了一趟乌斯河。阿木尔日无数次闹着要下山看火车,满足了他的心愿,他的快乐就该回来了,被弄脏的魂就重新变得干净了。因为路陡山高,村子里的娃娃不到十二三岁几乎不可能有机会下山,木乃拉哈想,拥有了伙伴们没有的经历,阿木尔日的快乐只怕比以前更多!哪知道,从山下回来,阿木尔日脸上的笑容不仅不见增多,反倒像是又有一部分遗失在了山下。

木乃拉哈不明白这到底是为什么,但他的儿子知道。一开始,听说父亲要带他下山,阿木尔日也很高兴,以至于鸡还没开叫就摇醒父亲,指着从开在板壁的孔洞间挤进来的月光说天都亮了怎么还不起床。虽说天梯上被吓哭过三回,见到火车,见到火车奔跑,见到火车把窗户后面一张张模糊的脸带向远方,他又高兴得手舞足蹈。手舞足蹈的是他的心情，他的手和脚却是老实得不得了，是那种放在哪里都觉得不合适的老实。阿木尔日从来没见过那么多人，没听过那么奇怪的声音。火车的长相和他想象过一百回的都不一样，腿是圆的，也不往前伸，跑得却比马快，奇怪。火车叫声尖厉，发出声音时头还不向上昂，奇怪。山下人说的话也和他平常听到的不一样，这就更奇怪了。但是山下的人说的话里有一些字他星星点点地从阿木尔布他们那里听到过，比如"人"，比如"马"。这么说，阿木尔布他们以后也可以和山下的人一样说话，那时候星星就不是星星，而是由无数星星连接起来的白天一样的光明。那时候自己嘴里冒出来的又是什么呢？一团乌云，一道闪电，一阵冰雹？想着想着阿木尔日伤心地哭了起来。他这一哭引来不少人围观，他们以为这娃娃不听话，挨了大人的打。父亲急得团团转，可他的着急一点没用，因为他嘴里边没有用得上的星星。好不容易比画清楚，阿木尔日喉咙里干得冒起了烟。父亲让他去旁边人户里讨水喝，才走两步阿木尔日就走不动了：他们的话我一句都听不懂，阿唉个董唉呷（我要喝水），人家能听懂吗？父亲鼓励他：你次母嘿（你就这样说）——水，水。父亲嘴里一共有几颗星星他并不清楚，可以确定的是，父亲是想借此锻炼自己，让他长大以后，至少可以在下山时不至于把自己活活渴死。在父亲的怂恿下，阿木尔日以走到崖边的勇气走了两步，然而，就是这时，阿木尔日发现，自己的嘴巴张不开了，再怎么用力也张不开。我这是成哑巴了吗？阿木尔日又一次急得放声大哭。

阿木尔日并没有哑。只是村里人发现，自从下了一趟乌斯河，他的话比以前少了许多，如同脸上稀薄的笑容变得更加稀薄。

不过，无论如何，有两句话，他每天非说不可。

唉领惹嗡补马绒以嗡（学生上学去了）。倚在门边的他，目送走一张张背影。

唉领惹嗡补马绒进唉拱绷了嗡（学生放学回了）。站在路边的他，迎回来一张张笑脸。

木乃拉哈两口子为此吵了一架。母亲巴基说娃娃的心不在家里，他实在想读书，让他去吧。木乃拉哈说，你以为我没这么想过？但我们下地去了，木乃尔哈和阿衣什布哪个来管？巴基说你背一个我背一个，我们在哪里，他们也在哪里。木乃拉哈说，远都不说，地那么陡那么高，要是滚一个到岩下，你肠子悔断了又有什么用。巴基说就不知道拿绳子拴树上吗？木乃拉哈说，亏你想得出来，自己的娃娃当牛放，你良心长到脚背上去了？巴基一听眼泪下来了声音上去了，阿木尔日再这样下去说不定就疯了傻了，你说我良心没长对地方，我看你根本就没长良心！巴基一哭一闹，木乃拉哈语气就软了许多，两个小的当牛放也就是了，但是钱呢？一学期再怎么也要几十元，肚子还填不饱，买尿素的钱还不知在哪儿，你拿得出来学费，你就让他读书。

第二年暑假快结束时，母亲还真的把报名费塞到了阿木尔日手中。钱是拿一斤花椒、十多斤荞子和二十多斤大豆去山下换的。卖东西是父亲的意思，但在他的计划里，卖来的钱早已被分成两份，一份买粮食,一份买化肥。母亲顺着他的意思下了山,回来却变了说法。她说粮食不是问题,多往锅里舀半瓢水,或者把裤带再紧一紧。那时候村里人吃的都是苞谷饭,条件好些的,会往苞谷里抓一把米。阿木尔日家的人认不得"米"字,家里的锅和碗也难得见一次米。上顿苞谷糊糊,清得能看见人影,下午苞谷糁子,长了脚般满嘴跑,吃得人赌咒发誓。赌咒发誓完了又后悔不该得罪苞谷,搞得7月中旬粮仓已要见底,而9月到10月才能采摘的苞谷这会儿还是"光杆司令"。别说借,就是拿着钱,在村子里也很难买到吃的。就说头年,找了几家都没"匀"到粮食,还在路上,巴基就忍不住落了泪。这一来,跟在身后的娃娃也跟着哭,把天色都哭浑了。再不管管会出人命,村支书木乃日帝从自家口粮里挤出一百斤苞谷。所以巴基说粮食不是问题,对木乃拉哈还是对自己,都不过是一种安慰。至于尿素,她是这么对男人说的:勤快就是化肥,早半小时出工是三斤,晚半小时收工又是三斤!

父亲终于不吭声了。不吭声就是同意了。阿木尔日的快乐回来了,连本带利地回来了。

第一学期期末考试,阿木尔日语文考了九十二分,数学考了九十八分。父亲不知道这个分是高是低,母亲也不知道这个成绩是好是坏。当阿木尔日羞答答说出这是全班第一,两口子高兴得做出了一个逢年过节才可能做出的决定:今天煮饭时往苞谷里抓两把米!

三兄妹高兴得原地转圈。最激动的当然还是阿木尔日。父亲母亲已经变相告诉他,读书的路还没有断。在此之前他心里一直不踏实,他觉得读书这个机会就像课间活动时抓在手里的皮球,指不定啥时候会被一把夺走。自己家的条件,要说是全村第二,那肯定是没有第一了。当然是倒着数的。说懒,那是天懒——有时候,老天爷一连两个月不下一滴雨。爷爷奶奶早不在了,土地划到户时,只有父亲一个人的户口。地薄得像纸,天一懒,人再勤快也是白勤快。这也是父亲母亲为什么两年前冒死在册硪泽俄磨那个地方开出四亩地来的原因。冒死开地,这个说法听起来夸张,去现场看看就知道,实在恰如其分。实际上那地方一般人空着手都不敢去,因为路太险了,险得都不叫路,是在竖立的大石板上弯弯曲曲画出来的一条线,窄得让人心紧,陡得让人眼花。从二坪到册硪泽俄磨,直线距离只有七八里路,但弯弯拐拐绕下来,十五里有多无少。把这十五里路走完,"大石板"上才有了巴掌大的平地。地就是由这些"巴掌"变出来的,东一块西一块,高一绺低一绺。从这地方往前看是大渡河对岸的雅安地区(今雅安市)汉源县古路村班鸠嘴,往左,隔着老昌沟,那片山下就是乐山地区(今乐山市)金口河区道林子。地开出来,种子下了地,人却回不来。满山都是猴子,没人看守,这一季就废了。父亲一个人在棚子里住上十多天才回家一次,晚上见着一面,待第二天早上阿木尔日睁开眼,已见不到他的人影。秋天该是喜悦的,一家人却高兴不起来。地像满天星,有的差不多沉到谷底,要绕两公里才能把路由竖走平,背几十斤粮食回家,路上就要耗掉三四个小时。这还是大人轻装上阵,要是带了弟弟妹妹,路会凭空长出来一截。所以,被扣在家里带娃或者跟随父母下地,这样的事在阿木尔日的梦里已不止一次发生。父亲母亲挖到天麻般的兴奋让他吃下定心丸:只要成绩好,这个书就读得稳当。

哪知天变得快,没有父亲主意变得快。大米香还在阿木尔日记忆里飘着呢,父亲对他说,书就读到这里了,你是老大,老大是要"顶杆杆"的。"顶杆杆",就是一旦天塌下来,你得撑起一片天。阿木尔日的天塌下来了,他眼里噙着泪,试图改变父亲的决定:只要让我读书,我保证以后更专心,考试不丢分。父亲闭上眼睛想了好一会儿,也没想到一个合适借口,索性照直里说,真要读书,弟弟也该读了,手心手背都是肉。这时候,母亲把话抢过去,你说的我也同意,老大有书读,老二不是后妈生的,也要有书读。父亲一听来了气,你的耳朵在扇蚊子还是眼睛长到头顶上了?两个都读,哪来这笔支出!母亲说,几十块钱,挤挤也就出来了。父亲说,你以为这是挤眼睛?就是奶水,身上没有,再怎么挤还不是白费力气。母亲说生得起养得起,娃娃想读书,了他一个心愿。父亲好像突然不认识母亲了似的,瞪大眼睛说,我还想天天有肉吃呢,谁了我一个心愿。母亲不跟他扯,放低了声音说,我们已经睁着眼睛瞎了几十年,要是娃娃长大了也是瞎的,当初就不该生他们。父亲气得拿烟杆指着母亲,上山下岩,哪一块石头我不认得?要说瞎的,我看你就是瞎的!是龙上天,是蛇钻洞,就是把身上的肉割给它吃了,蛇也变不成龙。母亲不知啥时候流起了泪:我也没指望他们成龙上天,但就是一条蛇,也不能一直蜷在洞里。烟锅里的火快熄了,父亲心里的还在熊熊燃烧:我看你是老母猪往岩下跳——想得轻松,要想按你说的也可以,除非找根针来,把一家人嘴巴缝上!

……

父亲母亲围着火塘争吵时,阿木尔日一直在旁边默默流泪。他们终于吵累了,又或者是把对方都当成了牛而自己失却了弹琴的耐心,你把头扭向一方,我把头扭向另外一方。父亲的表情让他失望,母亲的表情又让他生起希望。失望和希望在他的身体里扭打起来,让他小小的身体抑制不住地颤抖。他是不想说这句话的,但他还是说了出来:让我去读书吧。我可以背着妹妹上学,等放学回来,喂猪、做饭、洗碗我全部包干。周末和假期里,我跟你们一起下地干活。只要让我读书,要我干啥都可以,怎样的苦我都吃得下来!

这句话把父亲母亲都吓了一跳。他们没想到九岁的儿子能说出这样老气的话。仿佛商量好了一样,父亲母亲先前如"八"字散开的目光缓缓汇合到了那张稚气未脱的脸上。

屁还不晓得臭,你晓得苦是啥味道?父亲说。

屁再臭也没有粪臭,就是让我背粪下地我也不怕。阿木尔日昂着个头。

但是,木乃尔哈呢?两个人去读书,这个家根本供不起。水牛黄牛都是牛,我们当大人的,总不能心不平!父亲提到了弟弟,他的话像一张网,一下子捞走了所有声音。屋子里静极了,静得像清早醒来的校园,静得像放学以后的教室。

万般静默中,阿木尔日听到了河在咆哮,在一泻千里地奔涌。河有两条,一条在左,一条在右。他的脸颊,是石走雷奔的河床。

那个时候的他还不知道什么是心痛，但他居然理解了绝望。一条路走到悬崖边，再不能往前一步，失望到底了，希望不见了，这就是绝望。他是多么渴望这条路能往前延伸，他喜欢路上那些花，那些草，那些花草散发的味道。但是不能了，路断了，他得往回走了，这一走就再也没有机会回头了。想到这里他看见了父亲的眼睛。父亲的眼睛，此刻正大睁在他的心上。父亲的嘴巴没有说服他，但眼睛做到了。阿木尔日想好了，如果只有一个机会，那就让弟弟去学校。

先从网眼里挣扎出来的是母亲的声音：两个都去读，大不了少吃半边肉。

阿木尔日觉得母亲说了一句昏话。少吃半边肉，意思是拿这半边猪肉换钱。可自己家哪年不是只勉强喂得起一头猪，哪头猪不是光长架子不长肉？别人家的猪可以养上两三百斤，可自己家人还没有粮食吃，哪有猪的份。你拿草哄它，它也哄人，光长骨头不长肉。这一来两个星期才能开一回荤，还仅仅是有那么个意思，一家人肠子都已枯得快要生锈了。妈妈的话让阿木尔日的脸颊差点又变成了河床：我不读了，让弟弟读。

也不知道木乃尔哈什么时候进了屋，哥哥话音刚落，就听他说，要读一起读，哥哥不去，我也不去！

太阳从西边出来了。父亲接下来的动作如同慢镜头一般，在以后的很多年里，不断在阿木尔日脑海里闪回。将烟锅填满，点上，再将烟雾一点点从鼻腔里呼出，才拿目光看看自己，看看弟弟，最后落在母亲脸上：交了学费就没有新衣新鞋了，如果愿意，你们实在要读,我也拦不住!

我愿意!

我也愿意!

阿木尔日如愿回到学校,弟弟跟在他的身后。雨过天晴,空气清冽甘甜,阿木尔日感觉吸进鼻孔的风都是从蜂桶里吹过来的。"树叶当衣穿也欢喜,泉水当酒喝也舒畅",这句彝族谚语,他以前听大人们说过。那时他觉得这是骗人的话,现在不同,他在心里想,后面其实可以再加上一句:大地当鞋穿也乐意。他真是这么想的,事实也是如此,光着脚去上学,他并不感到有多委屈。这么说是因为他仅有的一双胶鞋(也许这也是他至今记得这双鞋子的出厂编号为56241的原因)中的左边那只坏了,鞋帮同鞋底几乎就要断了交情,像一只龇牙咧嘴的怪兽。光脚走在布满石子的小路上,阿木尔日照样健步如飞——不飞起来也不行啊,木乃尔哈和别的学生早都去学校了,他把牛喂了猪也喂了才走得成,慢下来的半拍不抢回来就得迟到。快到学校了,他才把拎在手上的鞋放到地上,将脚伸进去,再拿布条或麻线,像包扎伤口那样一圈圈捆上。

阿木尔日轻手轻脚进教室,怕"伤口"绽线是一方面,更重要的,他怕有人看见了他不想让人看见的地方。下了课,阿木尔日假装肚子痛,趴桌上不出去。放学他也最后走,借口是回了家没有时间写作业。可是,比这重要不知多少倍的秘密到最后都要水落石出,何况他的。开学没几天,阿木尔日闹肚子,没等回到教室里,木乃克布的眼睛落在了他的脚上。发现就发现了吧,他还放声大笑，声音比三坪高。过了一个晚上，阿木尔日心里的气也没顺得上来。次日上学，他早早出门，把木乃克布拦在路上打了一架。木乃克布高他三个年级、半个脑袋，可是那天，他愣把人打出了鼻血。血把阿木尔日吓着了，他撒腿跑到三坪，一直躲到天黑。

小学六年里，阿木尔日只缺了三天课，"单挑"木乃克布是头一次。第二次是三年级时的某一天，母亲去山下卖花豆，他看母亲背被压成一张弓，怕她在天梯上把自己发射出去，不由分说匀了二十来斤到自己背上。再有一次是外婆去世。阿木尔日喜欢学校，喜欢读书。全班早读的时候，声音撞在墙上，又从墙上弹进耳朵，就像母亲给他挠痒痒。写字也有无尽乐趣，横平竖直，左撇右捺，一笔一画靠在一起，像一家人围坐火塘边上。书本在他眼里是一个广阔无边的世界，上面有他见过的山和树，也有他没见过的湖和海，有他见过的火车，也有他没见过的飞机，还有北京、长城、天安门。虽然这些离他都很遥远，远到不知到底有多远，但他知道，至少，他和"水"没有距离了，再下山时不会挨渴了。正是知道自己不会挨渴让他更加如饥似渴起来，因为除了"水"，他还想要苹果。也是让他变成"哑巴"的那次下山，他看见一个摊位前放着一盆苹果。看见有人啃苹果他才知道那东西可以吃，奇怪的是，并不知道苹果是什么滋味的他，竟馋得伸出了手，从摊位上拿起一个就跑，只是没跑出两步就被一只铁钳般的手从后面死死抓住。那只手是父亲的。那只是一只苹果，可真的只是一只苹果吗？老师说了，知识改变命运。命运是什么？阿木尔日日思夜想后得出一个结论，命运是一个背篼！每个人背上都有一个背篼，只是有的空有的满，有的装着洋芋有的装着苹果。阿木尔日希望在他长大后的某一天，自己的背篼里也能拿出苹果来，即使个头不那么大，颜色没那么好看。

在阿木尔日童年里所有的得到中，最让他感到快乐和满足的就是教室和课本了。在这郁郁苍苍的知识的山冈上，如果要指出一棵树，一棵长到了他的灵魂里，长成了他的骨头的树，阿木尔日会毫不犹豫地说：少壮不努力，老大徒伤悲。这句话引起他的注意，起先是因为他是家中老大，他觉得这句话说的就是自己。后来明白它同样管着老二老三，管着别的娃娃，晓悟了藏在话里的深意，他更喜欢了。他的喜欢是从一而终的喜欢，是用行动言说而不是挂在嘴上。学校放学，阿木尔日放下书包，转身就出了门。自家的地靠近毛不耳，大人出门时带着弟弟妹妹，回来时背上背着东西，弟弟妹妹自己走不回来，他得去接。放学已经三四点，打空手走过去，已是五点光景。回来时，大人背着百十斤，他看着弟弟，背着妹妹，走不出十步就气喘吁吁。往往半路上天就黑了，一家人打着竹篙小心翼翼往回走，到家已七八点钟。草草吃过东西，阿木尔日终于可以做作业了。在他小学四年级以前，家里买不起煤油也买不起柴油，照明靠点竹篙。竹篙亮度不大烟子大，一到竹子结巴处火也结巴。一番折腾下来，能在十一点前做完作业，阿木尔日这天就算收了早工。算是没有辜负他的努力，小学六年里，阿木尔日成绩最差的一次也是全班第三。那还是一次期中考试，其他时候，阿木尔日不是第一就是第二，多数第一。要是以为成绩数一数二，阿木尔日的学业就拴了保险绳，那可是低估了生活的戏剧性了。四年级开学前，父亲端着一张脸跟他说话。父亲的话到现在他还记得：一只无底的金杯，不如有底的木碗。祖先这么讲没有错，我照着他们的讲也就没有错。你读的那些书，说到底变不成化肥变不成钱。就是能变件衣裳我也让你接着读，但是两年都没给你们弟兄两个买鞋缝衣裳了，家里盐巴都快吃不上了，让你往下读，人家会说我偷奸耍滑……

娃娃读书怎么和偷奸耍滑扯到了一起，阿木尔日再清楚不过。这两年自己穿的衣服鞋子，没几样不是老师给的。有双胶鞋是陆老师穿过的，鞋帮上开了个口，她仔细缝好后才拿过来。衣服原来的主人是老师的大儿子李威，李老师递给他时，有洗衣粉淡淡的香味，让他怀疑里面驻扎了一个春天。见他屁股都露着半边，李老师又拿来一条裤子让他换上。穿上裤子道了谢，还没走出两步，阿木尔日摔了一个狗啃泥——李威比他高，拖在地上的裤脚被鞋踩了，疼痛落在他的身上。陆老师闻声赶来，接过裤子，拿目光量了量，一剪刀下去，不多一分不差一毫。

陆老师这么好，阿木尔日对她还是有意见：我不就摔了一跤，手上破了点皮吗，她不该骂李老师不长眼睛。李老师不长眼睛怎么会看出父亲存心不让他读书了？他还专门到家里对父亲说，不让阿木尔日读书，迟早你会后悔。父亲说迟早都有这一天，长痛不如短痛。李老师说，迟是迟早是早，长是长短是短，就像苞谷，早收一天迟收一天产量都不一样。低下头来，父亲说了实话：就算咬紧牙关，我家也最多能供得起一个娃娃读书。老二成绩不如老大好，读书也不如他专心，但是下地干活，老大腰杆总要硬些。已经走出院子，李老师又折了回来：山上有竹子，你去砍些做成扫帚，反正学校用得着，买别人的是买，买你的也是买。父亲眼睛亮了一下又暗了下去：学校一年也用不了几把扫帚。李老师应该是早就想好了这句话：书杂费实在不够先欠着，有了再说！

书要读，猴子也要看。暑假里，或者周末，十二三岁的阿木尔日成了"全日制农民"。种在地里的苞谷、洋芋必须有人看着，不然猴子天天都跳丰收舞。看猴子不辛苦，不管再猴多势众，阿木尔日吼一声，它们还是有所忌惮。但那地方通常就他一个人，吃的无非是烤苞谷煮土豆，睡在窝棚或者岩腔里，一晚上冻醒两三回。一住就是好几天，遇上别的孩子，不是冻哭吓哭也要寂寞哭了，阿木尔日却从没在大人跟前皱过眉头。他知道，要是不把大人腾出来种地，一家人就得饿肚子。肚子饿着还读什么书？书都不能读了，日子过着还有啥味道？猴子一天要来几回，每次吓跑它们，阿木尔日便从小农民变成了小学生。作业写完又读书，读给自己听，读给大山听，心情一好也读给猴子听——只不过读给猴子听时，他有意换了腔调，让它们觉得自己虽然个头不大，人老成。

阿木尔日的老成是装出来的，遇到不怕人的黑猴那次，他吓得尿了裤子。生活才是不尿裤子的狠角色。那天，父亲对他说，只能这样了，读不起了，反正小学已经毕业了。

长满花和草，萦绕着花草气味的道路又到了断崖边，这一次，阿木尔日肩上的书包真的变成了背箩。背箩沉甸甸的，可里面只有苞谷，只有洋芋，只有荞子和花豆。令阿木尔日感到奇怪的是，他闻到了苹果香。这香味从脑子里飘出来，飘到悬崖边，飘到悬崖下，飘到他没去过的地方。这香味不知怎么就成了路，召唤着他往外面跑。远飞的雄鹰见得多，他想起李老师说过的话了。十四岁的阿木尔日把背箩换成编织袋，编织袋里塞了被子衣服，去雪区附近深溪沟电站工地找活干。不懂技术，他从杂工做起，搬石头背水泥，流的汗比别人多，拿的钱比别人少。他把挣来的钱交给父亲，让他送妹妹读书。谁知妹妹见二哥对读书提不起兴趣，自己也没有兴趣。父亲没有多劝，他说劝也多余，不如不劝。阿木尔日说，水牛黄牛都是牛，我和弟弟读过书，妹妹也该读书。抢着作答的是妹妹：爸爸妈妈没读过书还不是照样当爸爸妈妈！妹妹的反应一点都没有让父亲难过，反而换回了他的开心。父亲自以为把他的开心藏得很好，又或许他觉得哪怕露出来一点儿马脚也无所谓——女娃子迟早是人家的人，二坪有几个当大人的不这样想？父亲轻描淡写一句话让阿木尔日对妹妹充满了爱怜。她本来就瘦得如同一张纸片，父亲这句话让他觉得，妹妹在父亲心中，比他看到的还轻。

阿木尔日心里的难过很快就被无以言表的兴奋攻占了。村支书来家里说，国家抓"普九"，娃娃读完小学，得接着去读初中。父亲听不懂几句汉话，但耳朵和"酒"字很熟，没一次听到它不是两眼放光。这次例外，只见他红眉毛绿眼睛说，饭都没得吃，还吃啥子"酒"？更何况，喝了"补酒"去读书，还不成了酒疯子？村支书哭笑不得，耐着性子把"普九"是啥意思说了个大致明白才又说，你家去不去我管不着，但派出所管得着。这一来父亲不敢嘴硬了，他对眼巴巴望着他的阿木尔日说，你实在要读我也不拦，但读书的钱我拿不出来，你得自己想办法。

考到大山外面去的梦阿木尔日是做过的，虽然他从来不曾对别人说起，甚至这个念头在脑子里闪现时，他也会心虚脸红。不过后来，他连脸红的机会也不再有了，他看清并承认了现实——从生下来的那一刻人就有了区别：山里人喂猪，城里人吃肉；山里人读小学，城里人读大学。但他还是喜欢坐在教室里，喜欢和书本、文具、老师共处。通向大山以外，通向繁华和荣耀的大路他不再去想，但是小路，能走的他还是要走。这两年在外打工，工钱从十几元到二十几元再到三四十元，他却感觉不到快乐。雪区、乌斯河、长河坝，他的脚步只在山下打转转、只能在山下打转转。人走不出大山，也走不进别人的世界，因为这些都需要文化帮忙。自己说的话别人常常听不懂，就像别人说的话自己很少能听懂，这说明自己很缺文化。举例来说，有人问，你吃多了吧？他摸摸肚子，还可以添半碗。又有机会学文化，他求之不得。

木乃日帝刚出门，阿木尔日就翻出了两年前的旧书包。断定他撞了南墙要回头，父亲说，我敢打赌，不出一个月你就要乖乖回家。

去苏雄，阿木尔日有四段路要走。从天梯到山脚，过了吊桥走到雪区，这是第一段。第二段是公路，从雪区到乌斯河火车站。第三段是从乌斯河到苏雄的铁路。第四段，从苏雄火车站到学校。

父亲说得斩钉截铁，是嵌在中间这两段路给的筹码。从雪区坐摩的到乌斯河五块，从乌斯河到苏雄的火车票三块，来回一趟就是十六块。伙食费，再节约，一个月总要二三十块。阿木尔日呢，高兴得昏了头，一俟开学，顾头不顾尾地报名去了。

班主任姓杨，见他慈眉善目，阿木尔日壮着胆子问，报名费可不可以赊账？杨老师先还以为听错了，见他不像在开玩笑，轻轻点了点头，如果你的理由够充分的话。阿木尔日嗫嚅一阵，家里……家里没有钱，等放了假，我打工挣钱来还。看着这个个子比别的新生高一头，说出这些时明显又比别人矮一截的孩子，杨老师犹豫一阵，递过去一个本子：你先把二十六个拼音字母写一遍。当阿木尔日毕恭毕敬把作业本交过去，只是看了一眼，杨老师便吐出两个字：赊吧！

满心欢喜的阿木尔日坐进教室不到半个月，好日子到了头——饭票没了。说节约，没有人比阿木尔日更节约。一周下来，他一顿肉也没吃过。往返雪区和乌斯河，车费他也没花过一分——摩托有两个轮子，他在心里想，两只脚也是两个轮子。火车必须得坐，但是坐了四趟，他只买过一回票。另外三次，一次是蒙混过关，另外两次，他偷偷爬进了货车车厢。弹尽粮绝，阿木尔日卷铺盖回了家。从父亲脸上看不出高兴还是不高兴，他说，"普九"嘛，就是普通话读九天嘛，你都读了这么久，划得来了……

人最可怕的不是陷入绝境，而是对无可回避的绝境心存侥幸。如果先前只是认清了现实，阿木尔日现在已接受了它。陆老师说过,天无绝人之路。李老师还说,有志者事竟成。"志"有大小之分,不跟别人争大的,认领一份小的总可以?让弟弟接着读书,读到他不想读为止。治好爸爸的病,让他在说到妹妹读书这件事时不犯头痛。这些都够小,小到在城里人眼中都不是事。小中见大的也就是修房子了。阿木尔日在心中悄悄画了图纸:砖房,两层,风刮不进去,雨靠边稍息。

磷矿、煤矿、铅锌矿、杂工、泥工、架子工,只要有活,阿木尔日不挑不拣。挣到的钱说不上多,弟弟妹妹读书够了。然而,小他三岁的弟弟不等小学毕业就不去学校,就算出家门,一拐弯就进了森林,不到天黑不出来。妹妹则一步也没跨进过学校门槛。阿木尔日诓她哄她,她说二哥都说了,念书比挖地费劲,我宁愿扛锄头挖地。阿木尔日要父亲给妹妹一点颜色看,父亲说,你还是先把自己扣子系好要紧——不把彩礼钱存够,老婆都讨不回来。

阿木尔日一心一意攒钱。讨老婆下一步再说,他惦记着铺在心里的那张图纸。贵州、重庆、湖北、广东、新疆、黑龙江……阿木尔日跑遍半个中国。去黑龙江那次,因为包工头催得急,他一狠心坐了飞机。手指在手机屏幕上点点划划票就搞定了,飞在空中,他觉得自己肩上长了翅膀。翅膀是老师给的,是在学校里慢慢长出来的,虽然那时稚嫩,这时也不丰满,但毕竟有了,不是有和没有的不同,是单薄和雄壮的不同。想起老师他就想起了二坪想起了家,想起修建两层砖房的宏伟蓝图。

2017年12月6日,阿木尔日新家动工了,楼上楼下一百八十多个平方。花掉的钱有十二万是借来的。父亲一开始被这个数字吓得睡不着觉，他后悔当初没拴住儿子的脚，让他到处跑，跑得心比天高。他甚至觉得让儿子读书是一个错误——不读书，水都讨不来喝，他还敢到处跑吗，还会把心放得这么野吗？阿木尔日知道这不是心的问题，是眼界问题。一个人见得多了眼界自然就宽了，电视上说"心有多大，世界就有多大"，调个头来说好像更合适。因此他也不急着跟父亲辩解，日子长着嘴呢，由他来说。果然，房子修好才一年，阿木尔日就将借款还了一半。比这还让父亲长精神的是，阿木尔日带回来一个女朋友。儿子已二十九岁，依照二坪的标准，已经是点不着火的老光棍。父亲不光失眠症不治而愈，还接连几个晚上在梦里笑醒：白白胖胖的乖孙子，伸手要他抱哩！

阿木尔日和陈母则是在"快手"上认识的。阿木尔日下手快，认识才不久，便哄女朋友，千里姻缘一线牵，我们是"无线"结缘，无限有缘。陈母则是雷波人，雷波和甘洛一样是彝区，男方提亲，得拿彩礼说话。一通电话让陈母则流了泪：家里说，彩礼再少少不过二十万。阿木尔日说：钱向我要，你哭个啥？陈母则的泪一刻不停往下淌：他们要的是你的钱，我要的是你的人，你拿不出钱，我就得不到你这个人。这一说阿木尔日就笑开了：办法总会有，有我在你怕个啥？陈母则说不能偷也不能抢，能有啥办法？要结婚就要拿彩礼，这是不知多少年的老规矩。为什么？为什么万年的石头都能破，就不能破了这些不合理的规矩？眼见陈母则双肩颤动，哭出的话都成了高坡矮坎，阿木尔日反倒平静下来。他说锁住奴隶手脚的镣铐都能砸开,这些陋习也一定能够破除,又何必着急。陈母则嗔怒着打他一下:不知高低莫爬坡,不知深浅莫过河。高低深浅都知道了,你打算怎么办。庄严的神色在阿木尔日脸上升起来了:世间最重要的是人,是人的心,因为其他都买得到,心买不到。

我对阿木尔日的采访在他家老房子里进行。他在,陈母则在,他的父亲母亲也都在。有风从外面钻进屋,有人拨弄火塘,有人起身走过,烟雾都会变化方向,时不时让你咳嗽,让你流泪,让你难过。也许是主人都有"抗体",而我没有的缘故,我从进屋后就不断变换位置,但烟雾总是跟着我撺。就在我快要招架不住的时候,阿木尔日站起身:走,带你看看我的房子。

阿木尔日的房子就在老屋正对面,中间只隔着两三米宽的一条过道。我被满墙瓷砖和气派的闪着铜质光泽的铝合金双开门震撼到了——同父母家灰暗的屋面、低矮的门楣相比,这简直就是另一个时代。我不免暗暗指责起自己有眼无珠来,刚才怎么就没留意到这别具一格的存在呢?在二坪,在三组,这幢外墙闪闪发光、内里宽敞明亮的楼房,简直就是鹤立鸡群的存在。首先是因为体量和层高。寨子里大部分是木屋,两层楼的砖房除了他家外,只有两幢,却都瘦小一些,都是"素颜"。此外就是散落在木房中间的土坯房、竹笆房和什哈阿麻家那样的平房。不光气质更胜一筹,阿木尔日家的视野也得天独厚。面向东方,山地一台台低下去,然后突然收住脚,在一道悬崖前临风而立。悬崖的高和陡映在对面绝壁上,是天险，也是奇观。我不由自主夸赞起来了：这风水好得不得了，要山有山要水有水，要风得风要雨得雨；这风光美得不一般，大渡河峡谷国家地质公园就在大门口；这实力不简单，这么大一座房子，担不担心晚上起夜会迷了路……

怎么也想不到阿木尔日会这么说。

他是以淡淡的，带着不舍和留恋的语气说的这话：政府建了新村，大家都要搬过去，这座房子，马上就要拆了！

筑　巢

阿木尔日说要带我去一幢两层半的砖房，昨天在他家三楼露台上看到的另两座"高层建筑"之一。走着走着他却把我带到一座木屋旁边。这家伙变得也太快了，我不由心生狐疑。他该是看出了我的心事，不声不响地笑了笑，看看砖房，再看看木屋。

答案定是藏在屋子里了。跟在他身后进屋，像是从清早来到晚上。我们同火塘渐渐接近，从暗处浮现出一看就是父子的两个人，一个五十多岁，一个二十上下。看见生人，他俩从凳子上站起来，理理衣服下摆，将身子闪到一边，让我们往里边坐。

阿木尔日将我介绍给他们，然后将父子俩别向我做了介绍：呷呷布哈，阿木子布。那座砖房，差不多就是我们三个人修起来的。

阿木子布不好意思地笑了，转身走向屋角。呷呷布哈脸上平静得多，从地上拿起一包烟，掏出一支递给我。我摆手致谢：还没学会！

呷呷布哈露出两排黄牙：我也没学会。吸了一口烟，将烟雾徐徐吐出来，他为上一句话做了解释：阿木尔日懂技术，他是顶梁柱。我和阿木子布打下手，当徒弟都不合格。

这当口，阿木子布递过来一听啤酒：不会连这个也没学会吧！

屋里人全都笑了。我说，这个会，但眼皮才睁开，怕被它粘上了。大家又笑。收住笑我问呷呷布哈：为什么空着砖房来住木屋？

阿木尔日为啥半路改主意带我进来，这时候有了答案：房子是我们修的，但主人不是我们！

这句听起来有点费力的话，有了阿木尔日一番话帮衬，我才听出个眉目：砖房主人是阿木读布。呷呷布哈是他的幺爸，堂弟阿木子布小他一岁。阿木读布很少在家，他的房子，由幺爸牵头拉扯起来。

说是听出了个眉目，实际上我更糊涂了：阿木读布为啥很少在家？既然很少在家，为何要修这么大一座房子？修房子到底不是过家家，当爹当妈的都没伸手，为何倒是幺爸拿了大头？

呷呷布哈赶苍蝇般拿手扇开烟雾，展开了他的述说。

那是2012年冬天，还没有等来第一场雪，四十五岁的家中长兄所日木乃两手一摊，放弃了这个世界。这一天迟早要来，呷呷布哈知道，就是一棵树也需要营养，需要水，但是大哥不吃不喝已五十来天。说不吃不喝有些夸张，进食少是真的，像猫一样，舔舔闻闻就去了一顿。酒倒没少喝，抱着坛子是一顿，抱着瓶子是一天。坛子里是哑酒，瓶子里是白酒，怎么能把人喝糊涂了怎么喝。喝到一个月后就真糊涂了，明明是晚上，他说这太阳怎么晃得人睁不开眼？明明门口影子都没一个，他偏一遍遍念叨阿姐木什回来了。所日木乃以前也喝酒，但不是每天喝，也不会喝到烂醉。见他中了酒毒，血都拉了出来，呷呷布哈再想规劝时，就像想拿绳子拴住一头疯牛，已经力有不逮。

十二岁的阿木读布成了孤儿。原本他有三个姐姐，可最小的一个也大他十岁，早已嫁到外村。看着阿木读布哭成泪人儿，呷呷布哈把他搂进怀里：娃娃别哭，妈妈走了，爸爸走了，但你还有幺爸。从今往后，有幺爸一口吃的就有你一口吃的，有弟弟一件穿的就有你一件穿的。呷呷布哈劝阿木读布不要哭，可劝着劝着自己也泣不成声：我的嫂子你不该走，要走也不该带上我的哥哥，这么好一个娃娃，你们怎么舍得当个羊崽子撇下……

自打从布依村嫁过来，将近二十年里，就没人见阿姐木什和所日木乃吵过嘴，所以村里干部或是家族长者给年轻夫妻劝架，张口头一句通常是你看人家所日木乃和阿姐木什，越过越像亲戚。两口子除了性情相投，还有一个相守多年的约定：别让人看了笑话。等着看他们笑话的是阿姐木什娘家人。他们说二坪屙屎不生蛆，所日木乃房子歪歪倒倒，自己都弄不饱，跟着他还不是上顿喝汤，下顿喝水。脊梁直的人就是这样，你越瞧不起我，我越要头颅高扬，叫你仰视，叫你从脖颈处一直酸到心眼里。所日木乃对阿姐木什体贴入微，不光村里年轻媳妇们眼红，也引发了老天爷的嫉妒心。老天爷的嫉妒心引发了阿姐木什的头痛。前后请了十多个毕摩，药也吃了，福也祈了，阿姐木什一直不见好转。到了这一步，就只有听天由命了。换个说法，只有等着老天收她走了。可所日木乃不。他和女婿背着阿姐木什下天梯去了石棉、汉源、甘洛。病根终于在雅安找着了，然而，没有钱，病又拖得太久，最后还是没能把人留住。

没有阿姐木什的日子，所日木乃只过了五十八天。当所日木乃遗体被抬上九层柴堆，呷呷布哈在心里说，要去你就去吧，阿姐木什在兹兹普乌等你。那是祖先居住的地方，是彝人死后灵魂的归宿地，死掉的人们在那里重逢。那里屋后有山，羊群自由自在，屋前有坝，中间有人畜住处，牢固又美观。高兴去你就去吧，人间太苦，不值得你留恋。从今天开始，阿木读布就是我的孩子。呷呷布哈和哥哥的家隔着两百来米，他让阿木读布来家里住。将孩子扔在空荡荡的屋里，他不放心。这之前，他跟阿木子布打招呼：你比哥哥小一岁，以前该他让着你，不过从今往后，你凡事都要让着他，要是你们吵嘴打架，我第一个让你吃家伙。可是好话说尽，阿木读布都舍不得离开自己的家。呷呷布哈只得打发阿木子布每天给他送饭，晚上则住过去，陪他说话解闷。这样过了十多天，阿木读布终于答应到幺爸家住。这还是李桂林和陆建芬登门做工作的结果。李老师说，爸爸妈妈只是去了别的地方，在别的地方他们也会看着你，你过得不开心他们也会不开心，你的学习成绩下降了，他们一样会着急。陆老师说，幺爸也是爸爸，堂弟也是兄弟。老师以前讲过知恩图报，你和他们一起住，让幺爸少操心，也是知恩图报。李老师把话接过来：你幺爸给我说了，只要你肯读书，读到哪里他都支持。你要用成绩回报他，让他觉得没有白流汗，没有白疼你。

阿木读布也争气，第一学期就考第一的他，成绩长期稳居全班前两位，就连头天发烧的那次期末考试也没出前五。在同学心里，他这第二相当于第一，因为压着他的那一个是从山下田坪村转来的留级生。小学毕业，阿木读布考上甘洛县民族中学实验班，没有人对此感到意外。然而意外还是来了。初一第二学期开学时，阿木读布说什么也不肯再去学校。呷呷布哈把一辈子的话都说完了也没把他说通，直到他急红了眼，阿木读布才讲了实话。原来，高年级学生欺负新生，简直没完没了。阿木读布这样的"外地生"最受气，张口嘲笑，动手挑衅，一言不合，就有一堆东西飞过来，纸团，笔帽，拖鞋。他们还偷他的生活费。周日带过去一百块钱，没两天就被偷去多半，也不管你藏在枕头中还是书包里。就连打散后塞在鞋底的二十块钱也被他们发现了，假装做游戏，半偷半抢，一分没给他剩。阿木读布绞尽脑汁才想出一个办法，把钱寄存在初二年级一个女生那里。那个女生是当地人，也是他的远房亲戚，他们不敢惹她。惹不起藿麻惹蒿蒿，偷不到钱，他们就动手打他，耳光都使上了。挨了打，阿木读布找班主任反映。几个泼皮老实了三分钟，可老师前脚一走，他们的拳打脚踢更是变本加厉……

　　告别校园，阿木读布跟着么爸种了两年地。这当中，呷呷布哈发现，阿木读布心思不在这里。"这里"是地，也是他寄住的家屋。呷呷布哈起初也很自责，以为是哪里怠慢了侄儿，让他觉得这个家不是他的家。后来有一天，阿木读布对他说，就是亲生父子也要分家，既然总有一天要搬出去，倒不如现在就做打算。呷呷布哈一听眼泪就下来了，穷人家的孩子早当家，但孩子省事这么早，大哥多有福气，又是多没福气！然而，大哥留下的老房子是父亲年轻时候修建的，本就老得厉害，空了几年下来，瓦都掉了一多半，怎么住人？阿木读布一句话吓了他一大跳：我不住那个房子，我要重新修一个，砖的。这娃娃心比天高啊！呷呷布哈心理活动还没来得及全面展开就听阿木读布又来了这么一句：要修就修两层，一层堆粮食，一层住人！

呷呷布哈不想往他头上泼冷水，但是转念一想，地上的羊儿够不着天上的月亮，要是想得多了，脑子会出问题。这和一条牛要往岩下跳是一样的，你不把它往后拉，牛还以为自己会驾簸箕云。呷呷布哈觉得自己有责任把娃娃从睡梦里拖出来：修房子嘛慢慢来，等我腾出手了，组织人手弄些木头，修得宽宽大大的。至于砖房，先别去想那么远，这里是二坪，到底比不了山下。

山下的人是人，山上的人就不是人？阿木读布眼圈红了。

当然不是这么说，不过牛和羊天生都是一条命，但是羊想长得有牛高，可不可能？呷呷尔哈不知道今天是怎么了，娃娃以前没这么犟过。

牛是牛，羊是羊，人是人。阿木读布眼睛盯着外面。

呷呷布哈僵硬的脸松弛下来：这么想就对了嘛，各人过各人的日子，没必要和别人比高低。

阿木读布对呷呷布哈向来言听计从。幺爸对他好，比有的亲生父亲对娃娃还要好，大家都这么说，他也这样认为。就不说和堂弟堂妹吵架耍性子时幺爸总向着他了,也不说但凡重活累活,幺爸尽量不让他干,就凭两年里两次生病幺爸掏钱时毫不手软,阿木读布都想把"幺爸"那个"幺"字像粘在洋芋上的黄泥巴一样抹掉。第一次是父亲去世的第三年,阿木读布在拉尔沟放牛时不慎滚下悬崖,锁骨摔裂,在石棉县中医院花掉一万四千多元。隔了一年,大腿内侧生疮,在甘洛治疗,又花了五千多。幺爸的钱来得有如滚石上山,去得却如落花流水,每当想到这里,阿木读布看向幺爸的目光都棉花糖般柔软。呷呷布哈知道孩子乖顺,又生就一副连只蚂蚁也让着三分的性子,便以为话说到这里,阿木读布即使还有一些不理解,也不会再找话说。哪知孩子竟然跟他顶起了嘴:这也不是跟别人比。但人还是要有理想,没有理想,奋斗就没有动力。

呷呷布哈盯着他,眼珠子一动不动。他以为这样能把这句话的意思听得明白一些。事实上他还是如堕五里雾中——理想、奋斗、动力,这些词语,第一次和他的耳朵打交道。

他的表情让阿木读布明白过来了他的不明白。也是这时,他猛然意识到,虽然离开学校已经两年,但从老师那里得到的很多东西还一直跟随着他,就像天上的太阳,尽管雨天被云层遮挡,晚上被夜幕覆盖,但它一直都在,而且在无休无止地散发光和热。如果一个人没有了理想,那就是天空没有了太阳;如果一个人离开了奋斗,那就是太阳折断了光芒。这样看来,珍惜并善待这些得到就是必要的,实现有一天住进两层楼的砖房的目标并为之努力奋斗就是必要的。而奋斗要从现在做起,从表露自己的决心、改变幺爸的看法做起。

从来没有这样直接和坚定过,阿木读布说:我知道房子不是说修就修,但知道要做什么比起不知道要做什么来总要好出许多。这和种地一样,只有知道该下什么种子,地才不会空在那里。

呷呷布哈摇摇头:地谁都会种,但修砖房如果容易,二坪为啥差不多都是木房?

但是,如果没有人试着去做,荞子永远变不成馍!

就是火烧馍馍,也要有面才能做。买根钉子都要钱,两层楼的砖房,用钱才堆得出来。

钱还不都是人找的。

钱也不是粪疙瘩,遍地都是。

哪里有钱我就哪里去找。

你知道哪里有吗?

矿山上就有。

矿山是你待的地方吗?

有人待的地方我都能待!

……

再争下去就有点不像话了,呷呷布哈想,再怎么说自己也是长辈,长辈要有长辈的样,倒不如就此打住,给娃娃一个台阶下。不吃亏的娃娃长不大,更何况,三分钟热情一过,说不定他就把这事忘得没影了。借口要去山上看羊子,呷呷布哈出了门。在此之前,他对阿木读布说,敢想是对的,男子汉迟早要担起一个家,给奶吃奶,给水喝水,那是刚下地的牛崽子。

哪知他前前后后说的一席话，阿木读布就听进去了这一句。幺爸出门不一会儿，阿木读布也扛着蛇皮口袋出了门。在他把几件衣服一床被子往蛇皮口袋里使劲塞时，婶婶簸箩子慌了神，可当家的不在，阿木读布又犟得几头牛都拉不住，簸箩子的眼泪牵了线似的往下掉。她朝这会儿也不知在哪里的呷呷布哈一顿数落：要怪就怪你不该乱说话。别人知道是怎么回事倒还好，要是不知道，还说我们当叔叔婶婶的心比石头硬。娃娃那么小，要是真的去了矿山，要是在矿山上有个长短……

阿木读布去了离乡政府不远的磷矿上。三姐夫木基尔朵在那儿打工，一天能挣二百多。力气能生钱，钱能生出房子，姐夫脚下这条路，是阿木读布眼里的金光大道。没想到阿木读布会撵过来，姐夫冷冷看他一眼：你十六不到，还差几亩地粮食没有吃。阿木读布想得简单，他对姐夫说，你跟矿上管事的说我已满十八不就得了？姐夫说，上工地要买保险，买保险要身份证，你说十八就十八、八十就八十？阿木读布狡黠一笑，我有办法把自己搞到十九岁。姐夫在心里哂笑：还说这家伙老实，嘴上的毛还没长齐整，吹大牛倒有一套。哪料没过两天，阿木读布将一张身份证塞到姐夫手中，眉飞色舞地说，看看吧，比十八还多一岁！姐夫一看傻了眼：这明明是同村阿木热什的身份证，这小子唱的哪一出？

没错，这张身份证是阿木读布花二百元向阿木热什"借"来的。姐夫两个眉头蹙到一起：你俩长得一点都不挂相，要想主管相信,除非人家眼瞎。姐夫实言相告,是希望阿木读布收回想法,矿山上又险又累,不是一个孩子该来的地方。可阿木读布赖在他的铺上就不走,说要是他不帮忙,自己就让他睡个觉都翻不了身。

看来不尝尝铁锈是什么味道,他真不晓得锅儿是铁打的。这么想着,姐夫买了两条烟两瓶酒,央求主管睁只眼闭只眼,给他打个配合,给小屁孩上一课。主管和姐夫交情不错,真就往下垂了眼皮。

阿木读布干上了选矿的活。矿石开采出来,有用矿物和无用的脉石鱼龙混杂,就像刚刚脱粒的稻谷和稻叶裹在一起。阿木读布在矿场初选,就是将混在矿中的脉石挑拣出来,正如将稻叶从稻谷中清除出去,让"队伍"变得纯洁。选矿的人少,除了阿木读布只有王孃,一个来自汉源富乡的中年妇女。矿石由拖拉机从矿洞里拉出来,少的时候一天三十多车,多的时候一天七八十车。以少胜多,除了从一早干到天黑,没有别的办法。八磅的水瓶,一天要喝干两回;厚厚的手套,两天要磨烂一双。脉石有大有小,小的如杯如碗如球,每弯腰抓起来抬首抛出去一块,阿木读布就想,我这是捡球呢运球呢投球呢。这是精神麻痹法,若非如此,一天把腰身弯折又打直一两万回,人不疯掉才怪。这一招却不是时时都有用——有的石头重一百多斤,别说阿木读布的小身板,就是手臂比他大腿粗的王孃一个人也动它不得。这时候就得两个人联手作战,你拉我推,你掀我抬。见阿木读布吃奶的力气都使了出来,王孃心疼不已:我的娃比你大我都舍不得让他吃这样的苦。阿木读布说,想想一天有一百多元,也就不觉得累了。王孃说钱一辈子挣不完,娃娃你还小，要是累出痨病，后悔就来不及了。阿木读布说这些都是手上的活，累不死也累不坏，攒够修房的钱就回去。一天出工十二三个小时，他们一分钟都不能坐着。不是不能，是不敢。就连说这番话的工夫，他们也是直腰聊几句，眼睛要时时瞟着一旁。选好的矿石通过索道往山下走，索道隆隆作响，淹没了拖拉机的突突声。拖拉机卸矿是倒车过来，拖拉机手看不见他们，他们听不见动静，要是跑得慢了点，人会被活埋。

这么干了一年多，阿木读布又缠着姐夫带他进矿洞。姐夫看他一眼，笑得比哭难看：里面挣钱是要多些，但你还没凿岩机高，是机子抱你，还是你抱机子？阿木读布说：我不抱凿岩机，我想开拖拉机。姐夫就是干这个的，阿木读布觉得把方向盘搂在怀里很拉风。姐夫磨不过他，晚上偷偷把他带进矿洞。没一个月他就把手艺练出来了，姐夫又找主管疏通，主管又当一次"妥眼皮"，阿木读布进了运输班。运输班是"兄弟班"，要么在洞里装矿，要么往洞外运矿。慢慢地，阿木读布明白了姐夫为啥当初死活不让他到里面去。矿洞里暗无天日，闷热难当。这都不说，矿石是靠凿岩机打洞填炮，再由引爆的炸药从山体上撕扯下来的，炮声一响，飞沙走石。正如雨水不会在雷声收敛后马上止息，矿洞里无时不是危机四伏，难怪工友说，他们都已被埋了一半。装矿不是好活，运矿也不是好活。矿洞里路面坑坑洼洼，抖得人要散架。最先那几趟，阿木读布时不时地回头去看——他总怀疑自己被抖成了"散装货"，担心哪块骨头不小心遗失在了半路上。听他这么说，姐夫心里一阵狂喜——我把你撵不回去，你总要把自己撵回去。然而等了两个多月，阿木读布也没说出那个"走"字。这一来姐夫也不由得对他刮目相看：你这家伙，人小心不小。阿木读布说，吃得苦中苦，方为人上人。姐夫问他这句话哪里捡来的，他说学校里，李老师那儿。姐夫说话是这么说的，我们卖劳力，最多也就混个有吃有穿，人上人永远是别人。闷了半晌，阿木读布说，人往高处走，要是原地踏步，永远都在低处。房子还有个高低之分——吃得苦住高房子，吃不得苦住矮房子。

木基尔朵拿他没辙，呷呷布哈却坐不住了。头天矿洞塌方，埋了两个人，好不容易挖出来，一个没了气，一个砸断手和脚，肋骨折了七匹。丢了命的那个是布依村的，消息传来，呷呷布哈脊背发凉。快到天亮他还没睡着，等到迷糊过去，却梦见矿壁上长出了牙齿。被吓醒后他再也睡不着了，一骨碌从床上爬起来，打着电筒出了门。

看见幺爸，刚刚钻出工棚的阿木读布把眼睛揉了几下。随时被幺爸挂在心尖，这份幸福不是谁都可以体会的。但是要自己卷铺盖回家，这是要让他修房造屋的梦想半途而废。来到矿上一年多，阿木读布存下三万多元。他在心里算过，一年三万，十年就是三十万，等干上十年，建房连同装修买家具的钱就都攒够了。要是就这样回去，相当于把刚刚砌好的墙脚一脚踹翻。不是他不信任土地，不是他对土地没有感情，而是二坪人吃过的苦，从来就得不到土地爷的承认。就说幺爸家吧，要说下地干活，没一个不是好手，没一个偷懒惜力。然而一家人不还是挤在木房子里吗？一天接一天、上顿连下顿的，不还是满嘴钻的苞谷面吗？幺爸家是这样，二坪村有几家又不是这样的？

阿木读布决定不跟幺爸走，因为他不愿意让幺爸的今天成为自己的明天。打定主意，他在话里没留一点余地：我干得好好的，为什么要回去？

无论如何都要跟我走。这里虽说能挣几个钱，但活太重，你还小，时间长了身体吃不消。

我开拖拉机，吃的是手艺饭。

拖拉机尽往洞里钻，洞里太危险。

一回生二回熟，里面的路我闭着眼睛都能走。

遇到塌方呢，就像昨天……

昨天出事的是另一个矿洞。

要是万一……不说万一了，无论如何你都要跟我回去！呷呷布哈一把揪住阿木读布衣领，就像从天而降的老鹰抓住一只小鸡。阿木读布想要挣脱控制，呷呷布哈一急，拦腰把他抱住。

叔侄俩这一闹，引得工棚里钻出来几个人。冲在最前头的是木基尔朵。见到呷呷布哈，所来何事，他心里已明了八分。劝退工友，把叔侄俩分开，木基尔朵对呷呷布哈说，鬼娃娃啥都好，就是太犟。转头他又对阿木读布说，如果不是心疼你，幺爸也不可能半夜三更、天远地远跑过来。非要修啥砖房嘛，木房子几百年谁都住得，就你高贵，说住不得就住不得。

吃了那么多年苞谷饭，你不还是想吃大米饭吗？虽是低着个头，红着个脸，阿木读布还是迎面把姐夫的话抵了回去。

这是两回事！木基尔朵嘴巴动了几下，僵在那里。他是想对"两回事"做一番比较的，嘴边却没有合适的词。

阿木读布这时候抬起头来，每一个字都说得铿锵有力：我无论如何要把房子修起来，砖的，两层！

刚才去抓去抱阿木读布，虽是情急之下，说起来也是以大欺小。这么一想呷呷布哈就觉得心亏，觉着亏欠孩子的账上又多出一笔——一个半大孩子在矿山上赌了一年多命，千不该万不该都是大人不该，自己不该。有的债欠了可以不急着还，但是欠着阿木读布的，他觉得一天都不能拖，因为每拖一天，都有找不到债主的风险。呷呷布哈对自己说：娃娃没爹没妈，也没有别的要求。修砖房是他最想做的一件事，是不是亲幺爸，就看你接下来表现如何。

这里真不是你待的地方，修房子的事，我们慢慢来，一起想办法。呷呷布哈对阿木读布的第二轮进攻温柔开场。

你说的是推口话。阿木读布也不怕幺爸难为情。

呷呷布哈没有否认也没有承认：半年的羊子不着肉，一年的核桃不挂果，这个事情，同样不能着急。

但总要把羊子赶上山，把核桃种下地。阿木读布目光呈发散状，好像里面有一大片山，有一大块地。

呷呷布哈头一次感觉到了侄儿的厉害。这种厉害看不见摸不着，找寻不到来路，但是感受得到。是在他沉郁的语气里、冲淡的眼神里，还是在执拗的性子里，呷呷布哈说不清楚。但他知道，就像成年的树干掰不弯，侄儿的想法已不可改变。他也知道，猎人往老林里钻得越深，离不可预知的危险也就越近，让阿木读布停止追逐猎物，唯一可行的办法是让他得到猎物。

回家吧，回家建房！拼了这条老命，么爸也帮你把房子建起来。呷呷布哈难以相信，自己竟然说出来这样一句话。

阿木读布眼睛亮了一下又黯淡下来：我手上只有三万多，修房造屋，只够零头。

不够的我来想办法。呷呷布哈提高声调，把说过的话重复一遍：我来想办法！

木基尔朵和阿木读布不约而同对视一眼。他们不是信不过呷呷布哈。这个人从来不说大话也不说谎话，甚至很多时候，别人问一句，他的回答只有半句。但是说过的话，呷呷布哈又比任何人都要认真，难怪有人说，他连哈欠都是想好才打。但是他们还是不由得怀疑起他刚刚说的，怀疑他是不是真的这么说过。他有这个实力吗？他哪里来的这个实力？！

所日木乃过世时，所收礼金办完丧事只剩一万多元，还不够阿木读布两次住院。在二坪，一个老实种地的人，说要修一幢砖房，就仿佛一个拿着竹竿的人，说要把月亮戳落到地上。以尽可能委婉的语言，木基尔朵说出了自己的顾虑。大山里，弯弯拐拐都在路上，人的肠子比扁担还直。习惯了直来直去的呷呷布哈听了，一五一十说出所思所想：修房子无非三件事——地基，建材，人工。地基是现成的，我屋后几十米就有一块地。娃娃从拉尔沟搬过来我也放心，人在眼皮下，有个事情也喊得答应。建房所需木头，老房子拆下来，没被虫蛀的可以接着用，不够的部分请几个人去山上找，不花钱。钢筋、水泥和砖，不是已经有三万多吗……

这点钱不够一半材料款。尤其是砖，从山下上来，豆腐盘成肉价……阿木读布没有接着往下说。显然知道他省略的话里有什么，他的担心又是什么，呷呷布哈说：山下的砖买不起，山上的总可以试一下。我调查过了，砖，及及阿卡有一千二百匹，呷呷陆斤有一千一百匹，克日阿木有八百匹。这几家都是买了水泥和制砖机自己打砖，打着打着又都改了想法。

阿木读布眼前一亮：买到一匹是一匹。不够的砖我自己动手，一天打一百匹，一年少说也有三万匹。

你先还急吼吼的，现在又拖拖拉拉。不够部分直接从山下买，人不吃亏又节约时间。呷呷布哈看来是盘算过了。

到处都要钱，钱又只有那么点……我还是留在矿上吧，我保证钱一挣够马上就撤！倔强和坚定重新回到孩子的脸上。

矿洞里有钱，矿洞里要命，我不能让你只要钱不要命！一着急，一直没说透的话就从呷呷布哈嘴里冒了出来。话说出来他又后悔得不得了，什么命不命的，他才多大？呷呷布哈想找几句话盖住刚刚从嘴里蹿出来的那几句，可他本来就不是一个会说话的人，加上心急，想找的句子就更是躲得远远的。

反正我不会走，无论如何都不会走！阿木读布接着又说，除非房子修起来，砖的，两层！

这样争下去没有结果，但越是如此，呷呷布哈越是下定决心，不能让阿木读布没完没了地留在矿上。矿上年年——其实也等不到"年年"，只是说"月月"似乎又有些夸张——都在出事，人在矿上，事情就可能找到你头上。其他人他管不了，但阿木读布他一定要管，必须要管。大哥不在了，自己就成了大哥，或者说，大哥的责任就转化给了自己。阿木读布只是一个青沟子（方言，乳臭未干之意）娃儿，要是有个三长两短，他没法跟不在世的大哥交代，也没法跟自己交代。只是让他回去，靠动嘴做不到，靠动手也不行。他必须要做出一个决定来。他真的做出了这个决定，没和家人商量，也没问自己是不是同意。他的决定是让阿木读布再在矿上留一年，而他转身回家。留给孩子的时间也是留给自己的时间，让一座两层砖房长出地面的时间。

在呷呷布哈说出自己的决定以后，从阿木读布脸上却没有看到他以为可以看到的高兴。相反，孩子脸上的愁云似乎更浓更厚了。

沉闷良久，孩子开了口：三万多元修房子，这是只能背三十斤的人，却要背一百斤。

呷呷布哈以牙还牙：你在矿上挣钱，才是背三十斤的身体，却使出了三百斤的力气！

呷呷布哈和阿木读布谁也说不服谁，木基尔朵也不知该站在谁的一边，索性当了隐身人。是呷呷布哈刚刚这一句话把他从沉默的一角拉回了现场。么爸心好，对小舅哥视若己出，他不是不知道。但是一年修两层砖房，钱又只有那么一点，他说出了自己的担心：

么爸,这相当于只有一把面,却要蒸一锅馍!

呷呷布哈是不是在说胡话,听听他怎么说就知道了:如果阿木读布没意见,木基尔朵,你来当我们的见证人。如果到时候把房子修好了,说上天去,阿木读布也不可以再在矿上!

呷呷布哈真的一个人回去,扯开了修房造屋的架势。听说呷呷布哈要买砖给阿木读布修房子,及及阿卡、呷呷陆斤、克日阿木满口答应。建房用得到木头的地方仍然很多,上山伐木,凡是呷呷布哈开口,村里人没谁有一句推口话。这两件事给呷呷布哈增添了动力也增添了信心,趁热打铁,他卖掉两头牛,把卖得的钱一分不剩放进建房款。让他感到棘手的是工匠难找。砌砖房不比搭牛棚,一天没有两百多,大师傅正眼都不会给你一个。外面工匠走俏,而在二坪村,除了阿木尔日,没第二个人玩得转砖刀。但阿木尔日的主意不是说打就能打的,人家在山下修房子,因为手艺好,活又干得瓷实,请他的人听说都排起了队……想着想着呷呷布哈眉毛胡子就愁在了一块儿。

呷呷布哈的烦心事传到了阿木尔日耳朵里。这天,阿木尔日回到二坪,头一件事就是找呷呷布哈,商量建房的事。感动归感动,该说的呷呷布哈还是说了出来:阿木读布有三万二,加上我卖牛的一万五,最多能买回来一半材料。接下的材料款还要另外想办法,你的工钱,恐怕要往后拖。阿木尔日说,你可以帮他,我也可以。至于工钱,多给少给,早给迟给,无所谓。呷呷布哈一听眼眶就湿了：我跟你不一样，你还没成家。呷呷布哈还想说什么已经来不及了，阿木尔日咧嘴一笑，留下一个背影。

巢穴里的蚂蚁经历的一秒钟，挪到热锅上去，时间会拉长一百倍不止。阿木读布的房子从动工到竣工用了接近一年，这个时间在呷呷布哈那里，却要长出无数倍来。他的焦虑来自人情欠账、体力透支，也来自资金缺口。水泥、钢筋运到学校门口，要用骡马一包包运回去，靠人力一根根扛回去。砍木头用了一百多个工，运送这些东西、两次现浇屋顶，用工又有两三百个。这些都是人情，他得在以后的日子里慢慢偿还。更多时候，工地上只有三个人。他和阿木子布为阿木尔日打下手，具体说，就是和砂浆、递砖头，就是承包下所有粗活重活。从早干到黑，大人身体都在变着法子提意见，阿木子布才十六岁，时日一长，他真担心儿子承受不起。他心疼的还有妻子和女儿，四个人的农活交给她们，意味着他以前伸直腰杆喊声累的工夫，她们要喊出来两三声。建房款是更让他操心的事。阿木读布前前后后交给他五万元，买门窗花掉八千五，买石灰水泥花掉二万四，剩下的，一半钢筋都没买齐。还要买砖，买铁钉铁丝等各种零碎。每次现浇要请几十个人，虽然不开工资，但烟酒菜饭还不都要花钱。窟窿不是一般大，呷呷布哈前前后后贴进去七八万……

为阿木读布起房造屋，不管是呷呷布哈的讲述，还是阿木子布时不时的补白，都是超乎想象的平静、无与伦比的惊心。平静是父子俩的平静，尤其表现在呷呷布哈冲和的脸色和舒缓的语气里，敛藏在他一忽儿一口老烟、一忽儿一口油茶的节奏里。而这正是让我惊心的地方，都说站着说话不腰疼，他却是一直坐着的一个。

面对近在眼前的故事主角，我忍无可忍地发出了心中疑问：阿木子布到底是亲生的——建了这座房子，如果要再建一座，短时间内，恐怕很难。

父子俩都冲着我笑。阿木子布的笑是羞涩的、安静的，呷呷布哈的则更爽朗大气。除了笑，值得记住的，还有呷呷布哈这一句话：哥哥的娃，和自己的区别又有多大？呷呷布哈边说边看阿木子布，似乎想从他那里得到一点鼓励。他得到了他想得到的，阿木子布点点头：都是自家弟兄，无所谓的。

我提出去阿木读布家里看看，阿木子布快人快语，我哥不在家。我很好奇，不是起先说好房子修好就离开矿上吗？呷呷布哈说，马屎皮面光，房子是个光架架。阿木子布嫌父亲的话不够亮堂，拿话推开了堂兄的门：没钱装房子，没钱买家具，所以他去外面找钱去了。这会儿我该是有一番心理活动的，如果不是阿木尔日把话接了过去：因为要搬到新村里去，这房子虽然一天没住，可能结局和我的一样，都得拆掉。

可能，他说的是可能。究竟拆还是不拆，我决意去找找村主任木牛拉哈，看他能否预知这两座房子的命运。

"苏呢哦"

木牛拉哈的家在一组，就在新村旁边。我去时，火塘边围了五六个人，有来问政策的也有来吹牛的，更多的是来吹牛的。一阵寒暄后木牛拉哈讲起自己的故事，我跟着他的思绪，走进一段曲折起伏的光阴。

木牛拉哈生于1981年。他是李桂林来二坪招的第一批学生中的一个。小学毕业，木牛拉哈考上了甘洛县苏雄中学。李桂林想到去苏雄的路上有一条河，来来回回涉水过河太危险，在老家马托初中替他报了名。然而，父亲在他很小的时候就不在了，木牛拉哈一天初中校门也没进得成。小时候住茅草屋，姐姐阿机木什看房子马上就要垮下来，张罗着给他修了两间土坯房。

屋里就够空了，木牛拉哈口袋还要空些。书没法再读下去，第二年，十七岁的木牛拉哈结了婚。新娘克莫阿衣是布依村的，那时候，他一百块也拿不出来，一千五百元彩礼，是木牛子解囊相助的。木牛子是五保户，也是木牛拉哈的五爸。钱太多，自己年龄又不大，按木牛拉哈的本心，五爸这笔钱他不能要。五爸说，你现在以为早，等女娃娃都被娶走了，只能和我一样打光棍。至于钱，以后你搬来和我一起住，你的是你的，我的还是你的。亲戚朋友也都给木牛拉哈做工作，五爸孤苦伶仃，总要有个人养老送终，你和他合伙过日子，干活回来也可以有口热饭吃。就这样，推倒土坯房，木牛拉哈住到五爸家。哪知两个人犹如水和油，根本合不到一起，一口锅里没舀上三碗饭，就都看对方横竖不顺眼。一次话不投机，木牛子说，实在见不得我，你从哪来，还回哪去。虽是一句气话，木牛拉哈却当了真：就是讨口，我也不吃受气饭。年轻人的优点也是缺点，说了不回头，前面就是一道崖也会往下跳。那是2002年孟夏，除了彼此，木牛拉哈两口子真的是一无所有。几根竹竿、一张油布撑起一个新家，"新"意来自九成新的小夫妻，竹竿却是路边捡来的，油布也是废物利用。天气一天比一天热，木牛拉哈在棚子里待不住了，撇下媳妇，一个人去了雪区。

木牛拉哈是奔冬天去的。他知道，如果不主动出击，等雪追到山上，只有死路一条。雪区打工十多天，木牛拉哈挣了一百六十元。他将这些钱换成十六包水泥，另外又借了十三包。新建土坯房就够掉价了，如果屋顶不是现浇的，而是茅草盖子，他怕五爸笑话。没有钢筋的水泥是没有骨头的肉，木牛拉哈缺钱不缺办法。雪区工地上没人要的钢绳，他一截截捡起来，当了钢筋替代品。虽然只建三间屋，一吨水泥还是远远不够。看菜吃饭，木牛拉哈现浇时做起减法，别人浇十厘米，他只铺两寸厚。二指厚的屋顶阳光硬点都能穿透，雨水穿堂入室也就不在话下，一到雨天，木牛拉哈家地上摆满锅锅碗碗。就这样坚持了十一年，芦山地震，殃及二坪，木牛拉哈的家像一块饼干被揉成碎屑。

这次重建，木牛拉哈没敢再玩"过家家"。修房子不是闹着玩的，道理他十一年前，甚至更早一些就懂，只是光懂没用，发展才是硬道理。这些年，木牛拉哈发展还算不错。他是村里最先会说汉语的年轻人中的一个，也是最早下山打工挣钱的不多的村民中的一个。2008年，木牛拉哈当选一组组长，此后不久，照明电进村、骡马道开凿、通村路入户路修建……事情一个接一个，他的两只脚被拴得死死的，打工之路不得不告一段落。为个芝麻丢了西瓜，克莫阿衣埋怨一多，木牛拉哈也觉得这哑巴亏吃得冤枉。直到有一天他突然开了窍，钱也不是只外面才能挣，现如今村里的小路和山下的大路接上了头，山上跑的牛和羊，还不都是长了脚的钞票。

这一来慢慢有了积蓄，也让木牛拉哈有了把房子修得比牛壮的底气。木牛拉哈撸起袖子打砖，用一个一个的小方块构建起楼上楼下的梦想。这时候五爸站出来了：我就是看不惯你这个娃，什么事都闷声绷，也不怕把裤腰带给绷断了！五爸骂他是嫌他轴性，五保户月月有补助，自己花不出去，迟早还不都是给他留着？刀子嘴豆腐心的五爸把所有积蓄打包送来，木牛拉哈恨不得抽自己一个大嘴巴——五爸话是多点，但心善。一个人就算每一根骨头每一滴血都有问题，只要心善，人就还是好人。结果自己还躲贼一般躲着他，这不是小心眼，这是缺心眼。木牛拉哈的两层砖房建起来了，虽然没穿衣服——村里人把没粉刷的房子说成是没穿衣服——到底也是比上不足，比下有余。其实比不比还是次要，重要的是有地方住，而且锅和碗也都归到了本该去的位置上。

消息本身无所谓好坏，好和坏要看对谁而言。一些人的好消息是一些人的坏消息，反之同理。二坪村要实施易地扶贫搬迁，2018年10月，消息钻进耳朵，搅乱了木牛拉哈的心。扶贫都懂，"易地"有些拗口，乡政府的人"翻译"过来了，就是换地方住。政策宣讲往深处走，归结起来一句话：政府重新选址，统一规划，统一建设，建好的房子，村民只需花点毛毛钱就可拎包入住。这时候的木牛拉哈已当了四年村主任,政策水平不敢说有多高,"一户一宅"的规定他是一清二楚的。"一户一宅"意味着原来的房子要推倒,要从人的栖居地变成庄稼的放牧场。政策要是五年前来,木牛拉哈会和今天村里多数人一样,睡着都要笑醒。然而,对自己来说,没房住的那一页早翻过去了,住得人快发霉的那一页也早翻过去了。以装修过的新房换没穿衣服的不那么新的新房,只需花很少的地基钱,说起来对自己没什么损失,无非现在宽点以后窄点,现在独门独户以后和左邻右舍低头不见抬头见。但那座房子毕竟是自己一手一脚建起来的,里面有自己的感情和心血。说到感情,说到心血,那就不是钱的事了。木牛拉哈心疼也难过,心疼和难过折磨得他睡不着觉。睡不着觉的他胡思乱想,想着想着想法又变换了轨道。脱贫攻坚是国家战略,易地搬迁是精准施策,正因为村里多数人收入有限,多数房屋偏偏倒倒,而"两不愁三保障"("两不愁"即稳定实现农村贫困人口不愁吃、不愁穿;"三保障"即保障其义务教育、基本医疗和住房安全)又是脱贫验收必须要过的坎,国家才下了大决心、花了大价钱,圆大家一个安居梦。书上讲顺势而为、趁势而上,回到现实,脱贫攻坚千载难逢,易地搬迁求之不得,多数人的高兴事,怎么就成了自己的伤心事?再说了,觉悟呢?!村干部也是干部,牺牲啊,奉献啊,这些话讲得都腻了,关键时候,总要落到行动上。何况自己也说不上牺牲,换个地方住而已,犯不着把肚子气成鼓。气成鼓了有什么用?人家会说,快看木牛拉哈,肚子里怀的老四,估计都五个月了!

木牛拉哈的心结解开了，但是阿木尔日和阿木读布的心病并未祛除。情况毕竟大不一样：他们建起不久的房子又宽又大，因为户口上人头少，在新村里分得的新房"缩水"严重，这才对把自己辛辛苦苦建起来的房子保留下来抱着一份期待。我想起我是找木牛拉哈干什么来了，我代阿木尔日问出了那个问题。

情况我们反映上去了，暂时还没有说法。木牛拉哈说完又补充了一句：照我看，留下来的可能还是有的。

时隔一年，我再次去二坪采访。"可能"二字像一根粗壮的绳子，使劲把我往三组拉拽。阿木尔日和阿木读布的家都在三组。

两座房子都没有拆，高高立在前方。以前它们就是寨子里的地标性建筑，现在周边房屋几乎如数拆掉，更显出它们的高大。

阿木尔日不在家，他的母亲背着一背篼柴，也是刚刚走到门前。语言在我们中间形成了一道难以逾越的鸿沟，我和她说的话，三句有两句她听不懂。我于是选择了直接和阿木尔日对话，从手机里。他说老丈妈过生日，所以陪陈母则回娘家去了。我问他什么时候回来，他说昨天才从二坪出发，回来得三四天以后。我还有话要问，他却没给机会：下来再说哈，开着车呢！

转身走向阿木读布家中。阿木读布也不在，么爸替他守在家中。呷呷布哈和我虽然也有语言障碍，但尚可勉强克服。

阿木尔日说他在开车，我很惊讶，难不成二坪村也有人买小汽车了？我向呷呷布哈最先打听的就是这个。呷呷布哈语气里有高兴也有羡慕：政府花一千多万为村里修了公路。阿木尔日考过驾照，几个月前买了小汽车，说是娃娃小，要是有个病痛，开车下山来得快。听说他也想跑客运。

我问起阿木读布去向。得知去了成都学理发，我又问，他是不是准备学成以后回来开店。呷呷布哈笑得憨厚：娃娃咋想的，我也不知道。

大部分房子都已拆掉，阿木尔日和阿木读布的却还立着，上面没有话说？这是我关心的，也是我担心的。

呷呷布哈眼神清澈：房子修得不容易，搬到新村却是"一人房"。两个娃娃坚持不拆，请示上去后，联系二坪村的县领导表了态，其他拆掉，这两个房子先留下来。

我向呷呷布哈表达了迟到的敬意：阿木读布从小到大，你对他不是亲生胜似亲生，你是一个了不起的么爸！

呷呷布哈笑了，很开怀很天真。我能力很差，做得不好！说过这句自谦的话，呷呷布哈收住笑：但是值得。

呷呷布哈问我想不想参观阿木读布布置在二楼的房间，而我正有此意。

如果门上、墙上贴上大红喜字，这个房间完全就是一间婚房。地上贴了瓷砖，墙上刮了仿瓷，又用墙纸贴了一米高的墙裙，屋顶用石膏做了吊顶。衣柜和床都是乳白色，款式洋气，新得发亮。贴在墙头的几张明星画像很打眼，都是阿木读布的同龄人……站在门口，我是真的被惊呆了。因为没钱装修，整座房屋外墙连灰也没抹一把瓷砖也没贴一张，而且楼梯扶手和几处门窗还虚位以待，在我眼里，这座房子是服装店不着一缕的模特衣架。眼前场景瞬间颠覆了我的印象，不敢相信眼前一切，如同不敢相信蓬门荜户之中藏着光彩照人的宝石。我的惊诧没有持续太久，因为我很快意识到，这是可以触摸的实景，也是意涵深刻的隐喻。如果说村庄也是江河，年轻人就是潮头跳跃的浪花，他们流经之处将是江河流经之处，他们奔向大海，江河就会奔向大海。

呷呷布哈眼里也有一粒宝石。那是放在床头柜上的一张照片，大约十五厘米宽，竖幅，镶有白色木质相框。被相框镶嵌中央的是呷呷布哈，身穿崭新右衽绣衣，头戴黑色"子尔"（又称"俄田""英雄结"，一种彝族男性帽子）。呷呷布哈小心翼翼地把自己的照片抱起来，搂在怀中，用开心和自豪五五分的语气说：一模一样的相框，娃娃做了两个，这是其中一个，另一个他带在身边。娃娃差不多天天都要给我打电话，说这一天里看到想到的事。娃娃太懂事了，为他付出再多也值得……

懂事是个好词，用在阿木读布身上，算得恰如其分。告别呷呷布哈，往学校走的路上，我的脑子里先是闪过这句话，紧接着，两张面孔在脑海中浮现出来。

一年前的某天清早，我在二坪采访，正寻思怎样才能找到我要找的人，前方小路上走出来一个小伙，看样子二十七八，衣服穿得厚，双手插在裤兜，脚跋棉拖。就这样认识了阿木热布。

阿木热布主动为我带路，边走边和我说话。路倾斜着，感觉上,他的话是从斜坡上滑下来的。我紧跟在他身后,用两只耳朵接着前面的话。

阿木热布1997年开始出去打工。朋友在江苏常州一个工地上,说一年能挣四五万,问他去不去,他就去了。那是他第一次出远门。从乌斯河到成都,再从成都坐火车过去。下了火车三天后,阿木热布仍然有一种梦幻般的感觉。他从来没想过自己可以出这么远的门,更没敢想这是一个人出来闯荡江湖。激动过后是欣慰——单枪匹马从乌斯河来到常州,是读过的书、识过的字帮了忙,是李老师和陆老师在背后指路。这说明读书真的有用,用处还大。这一次,阿木热布不是为自己,读书他当然也想,但父亲做了脾胃切除手术,母亲有类风湿,姐姐又嫁了人,他已没有机会。但是他要给弟弟创造机会,不让自己的难处在弟弟身上发生。朋友没有骗他,工作虽是辛苦,但收入比种地强。于是年年出去,于是弟弟从初三读到了现在,读到了高二。

我问他弟弟成绩如何。阿木热布语气饱满激昂:不错呢,有希望考上大学。我于是又问,如果考上了,学费是不是还由你出?阿木热布答得干脆:只要能考上,他读几年我供几年!我为弟弟高兴,也为哥哥担心:你媳妇儿意见很大吧?阿木热布闷了一会儿才开腔:还没结婚呢。也有一个女朋友,交往两年,因为我负担重,一直下不了决心扯证。他这一说我就有点替他着急了。在二坪,以及二坪这样的边远山区,二十七八已是大龄青年中的大龄青年,若是过了三十还是光棍一条,这辈子十有八九就这样了。我因此没忍住问面前这个小兄弟：就不怕把女朋友放飞了吗？这一次他的话接得很快：实在结不了也没什么。有了文化人才有希望，如果弟弟读了大学，下一代就可以活得和我们不一样。

认识卡拉阿木则在晚些时候。

二坪小学大门口，老二坪的"交通枢纽"，不经意间构成了除村活动场、学校操场而外最大一块经过硬化的室外空间。苞谷在那里堆成了一座山，一辆卡车到来后，三四个小伙一边说笑着，一边将装满苞谷棒子的蛇皮口袋往车上搬。

放学有一会儿了，我和李桂林这时候正站在操场上聊天。我问小卡车从哪里来，李桂林报出卡拉阿木这个名字，然后说，这是二坪村第一辆货车。末了，他拿手抠抠脑袋，恍然大悟般说，对了，卡拉阿木是木乃尔哈哥哥。

卡拉阿木这个人我是知道的，去年底，在木牛拉哈家，他说起两兄弟合住一套"二人房"时脸上的阴影，至今没有从我的眼前散去。木乃尔哈这个名字我也熟悉，我和他有过一次近距离接触。那是2020年9月17日上午，李桂林电话里问我能不能去一趟雅安市人民医院，问完他才说起事由：我的学生木乃尔哈，女儿出生不久就从汉源县医院转过去，住在重症监护室，经过几天治疗，病情有所变化，他和医生之间沟通却不顺畅，对下一步治疗方案也六神无主。李桂林希望我去现场看看，帮忙拿个主意。到了医院，医生告诉我，女孩病情明显向好，建议转回县级医院，待身体条件进一步改善再去成都或重庆进行胆管手术，因为这样既不影响后续治疗，又能大幅缩减开支。有对医生夹杂着专业术语的解释听得一知半解的原因，也有在陌生人、陌生环境前无所适从的原因，就像在所有人生重大节点都要征求老师意见那样，木乃尔哈第一时间把电话打给了李桂林，这才有了李桂林的"呼叫转移"。

我本就有意去木乃尔哈家看看，李桂林这一说，这一趟就更是非去不可。

我是等到卡拉阿木收工后才去的他家。两兄弟都在，木乃尔哈的妻子——一个身材瘦小、见了生人好往边上躲的女子也在。小姑娘乐呵呵的，看起来状态不错。

木乃尔哈张口就讲起哥哥的好来。提亲时，女方开口要80888元彩礼。木乃尔哈攒下的钱只有一万多，彩礼加上酒席，没有十万拿不下来。弟弟想打退堂鼓，哥哥说，人家把女儿养那么大不容易，比起别人，要的也不算多，我们先想想办法。办法主要是借，两兄弟分头行动，向亲朋好友求助。在此之前，卡拉阿木把自己的两万多元积蓄拿了出来。父母不在人世，二十五岁的他缺啥不缺担当。婚礼过后，女方退回来三万元。岳父岳母说，换了地方住，女儿还是女儿，日子还是要过。用这个钱，加上木乃尔哈之后去重庆打工所得，欠条一张张收了回来。欠债刚还清，又赶上女儿生病。木乃尔哈不免情绪低落，这时候，又是哥哥说，钱不都是人找的吗，人在，钱就不是问题。于是，哥哥又和他一起想法子凑钱治病。

目光转向卡拉阿木，这个生活里顶天立地的男子汉，和弟弟一样，长得瘦削、文静。我问，他答，从我们中间流过的时间嘀嗒有声,勾勒出一个大龄青年的人生轨迹。

父亲走得早,母亲去世时,哥哥刚满十三,弟弟年方十岁。卡拉阿木回家放牛放羊,把弟弟留在学校念书,直到小学毕业。年纪稍大些,卡拉阿木开始去外面打工,近的在山下矿山,远的出了省,河北、北京、浙江。干得最长的是浙江,差两个月就满四年。他是2020年1月份回来过年的,坐上飞机,他在心里想,是不是以后就不出去了?没有一技之长,在流水线上搞装配,一天上十二三小时班,每月所得也不过三四千块,如此打一辈子工,人生的意义让他怀疑。突如其来的疫情帮他下了决心,出不去了,不出去了。

留下来也是一个困境。因为同在一个户口本上,兄弟俩只分到一套"二人房",除了客厅、厨房、厕所,只有两个房间。眼下还可以勉强安身,但是往后走,侄女要长大,自己要结婚,几棵树总不能一直挤在一个坑。想到结婚就更头疼了。房子是一道坡,彩礼是一道坎。爬坡过坎,有钱大步流星,没钱寸步难行。3月里,卡拉阿木用属于自己的那间屋开了小卖部。晚上住客厅,沙发就是床。生意没有想象中好,好在自己种着十多亩地,能收一万多斤苞谷,一万多斤洋芋。眼看就要入秋,说到运粮食回家,二组、三组的人无不愁眉苦脸。听到阿木尔日按喇叭,卡拉阿木眼前一亮:四个轮子都有了,干吗还欺负两只膀子?交了三万元首付,他按揭买回一辆轻卡。在村子里跑运输,从村民身上赚运费,卡拉阿木没有这么天真。左邻右舍只要能把按揭贷款"众筹"回来,他的心理预期就达到了。至于利润,他要另谋出路——公路开通后,时不时有贩子进村收购山羊、土鸡、洋芋，他们可以找上门来，我也可以主动出击……

那天晚上，提起二坪村小伙子们的懂事和能干，我没忍住多说了几句。我赞扬他们坚忍、阳光、向上，感慨从小就被黑暗包裹、被命运打压的他们，就像我们脚底下这只电炉，一刻不停地发着光和热，根本不在意有没有一只或是几只脚踩在上面。我注意到，这个时候，李桂林目光里满是得意。

陆建芬对我的话却不完全认可："感恩"这个词被你漏掉了。我们的学生，最不缺少的是感恩之心。

"年轻人"在彝语里读"苏呢哦"。坚忍、阳光、感恩、向上的凉山少年，让我忍不住在无声之中，把这句话一连说了几遍：苏呢哦，瓦吉瓦！

"瓦吉瓦"也是彝语，就是好，就是棒棒哒！

一条走过的路

在四川西部大小凉山的崇山峻岭间，蛰伏着约莫两百个被称作"悬崖村"的深山彝寨。这些村庄散落在群山之巅，鸟道塞绝，遗世独立，是介于虚构与真实、历史与现实的存在。在被深切峡谷抬上云端，被时代浪潮抛到岸上之后，他们便疏离了外界，停止了向前，变成了"飞地"——与周遭一切边界分明的"时间飞地"。

汉源县永利彝族乡古路村是这当中最早被外界所知的村子。三百多年前，战火连天中，名叫呷哈的彝族首领率领部族躲到旷世深峡至为隐秘的褶皱里，过起与世无争的生活。自那时起，他们借助一道又一道垂直向上的断岩，屏蔽了外界的纷扰，也阻断了自身的道路。村里多数人再没到过山下，而少之又少的人少而又少地下山，一半靠攀缘搭在岩壁的木梯，一半靠揪扯生长在岩壁的藤蔓。

1966年，修建成昆铁路的铁军在千仞绝壁上架起十三道钢梯，深山古寨停滞了几百年的脚步这才往前挪了一挪。之后，属于古路的时针，又一次停止了转动。

如同被人从岁月的老屋子里一把给拉拽到当下，2019年10月，投资两千八百万元的高空索道飞架南北，把古路村和峡谷对面的马坪村联系在了一起，进而把孤寂的彝村与热闹的世界连接在了一起。精准扶贫政策加持，古路再不是"世界尽头"的"时间飞地"，再也不是足以领衔中国农村最闭塞、最贫困、最落后状态的悬崖村了。

2021年国庆节，为古路村发展生态文化旅游贴身打造的停车场，近百个车位一刻也没得闲。那一日，站在山脚，谈起这个，曾担任第十二届全国人大代表的骆云莲语气里充盈着不加掩饰的欣愉：古路的路，越走越宽了。

我已不是头一次到古路采访。因此，虽然骆云莲的话题并未就此展开，但我仍从她若有所思的眼神里看到了许多内容。

她一定是想起这条越走越宽的路无处落脚时的样子了。

她也一定想起了这条路由窄而宽的漫长征程，想起了一路上的风雨阳光。

"买路钱"只有十万元

"条条道路通罗马。"但是，很多很多年里，位于大渡河峡谷云端之上的古路村，不但不通罗马，而且连骡马都不通。

1973年，县委书记吴志成去过一次咕噜岩。上山不容易，下山就更难了，他是蒙了双眼，由当地人捆在背架子上背下山的。正因为蒙了眼才敢下山，吴志成说，"购留各半"的政策，古路村就免了吧。从1962年起,为了保证城市猪肉供应,国家实行"购留各半"的生猪政策,乡下养猪的农民只有让国家收购一头毛猪,自己才能留下一头;如果家里只养了一头,那也要交售半边猪肉。这个政策直到1985年才由中央一号文件终结,这句话的含金量可想而知。

吴志成的古路之行不仅让古路村得了实惠,还让村长骆国龙生起野心——既然吴书记说我们是社会主义国家,城里有的往后农村都会有,那么,北京有公路,成都有公路,县里有公路,我们是不是也会有公路?怕别人笑他"东想西想,光吃不长",骆国龙没有对任何人袒露心声。

似乎是在眨眼之间,吴志成去古路时才一个多月大的兰绍安已经做了新郎。就是这个兰绍安,连人带背篼从钢梯上掉下悬崖,十八岁的小伙说没就没。骆国龙坐不住了:都说共产主义迟早要实现,等了这么久,政府的人来过不少,但共产主义一直都是只闻楼梯响,不见人下来。我们等不来共产主义,难道就不能主动去找一找吗?他对自己说,你是村长,如果村干部只晓得每天到老百姓家里吃茶喝酒,这是混阳寿!

1987年的正月十三,骆国龙单枪匹马下山来了。

临行前,他约过村支书李国清。李国清问他有几成把握,骆国龙说:一成,也没有。李国清说:那还是别去了吧,相信组织,有条件时组织上不会不管我们的。骆国龙说:我们也是一级组织。李国清说:所以才要顾全大局,不能给组织出难题嘛。

骆国龙没有坚持说服李国清。他知道,除了不为难组织,书记不愿出山还有一个重要原因：数百年与世隔绝的生活已经让古路人养成了故步自封的习惯，与外界沟通交流，对村里多数人来讲，是一件难为情的事，是生活中的多余和浪费。何况那时候，古路人汉语都说不利索——包括支书李国清。

知道县民委的嘴巴专门为少数民族说话，骆国龙一路打听找上门去。

接待他的是县民委主任丁甫全、副主任代盛杰、办公室主任辛顺才。

丁甫全与骆国龙已不是头一次见面。丁甫全1980年底从片马彝族乡调任县民委主任，当时的副手万英福是永利乡万家村人。万英福不止一次对他说：整个汉源县，日子过得最造孽的要数古路村，吃个水还要拿命来换。丁甫全撇撇嘴说：你把牛再吹大点呢？万英福说：不用吹都大得牵不动了，不信你实地考察一下。这样的话说过几次，1982年4月里的一天，丁甫全果真一个人去了古路村。先坐班车到乌斯河，再从乌斯河赶慢车到长河坝。出了长河坝火车站，他想找个人问路，可眼前只有乱石嶙峋、野草萋萋。好在出发前他打电话问过乡上，顺着大渡河下行三四百米到一线天峡谷，从峡谷入口攀缘而上就是癞子坪。一线天的险峻他早有心理准备，只是身临其境，才嫌想象的奔马只长了四只蹄子而不是八只。半路回去太丢人了，仗着那年不到四十岁，假装是个年轻人，他一连翻过三道天梯，越过翻天云，到了癞子坪。眼前，张牙舞爪的贫穷触目惊心；耳边，癞子坪队队长兰明福的介绍在他心里响起炸雷。那天晚上,他住兰明友家。躺在床上,想起兰明福说到本队兰友顺背水时被石头打到岩下,一个大男人竟然热泪长淌,他的睡意被兰明福的泪水冲溃了大堤。天亮时终于睡着了,然而刚和周公接上头,一只从头顶路过的公鸡在他脸上留下一摊热乎乎臭烘烘的东西。距离山下最近的寨子尚且如此,咕噜岩上又是啥样?他想去看看。想过又想,还是别去为好,要是从岩上滚下来,尸骨都捡不齐全。然而最后他还是上去了,在咕噜岩教书的民办教师姜彭亮上山路过癞子坪时,他一狠心跟在了姜彭亮的身后。

两个人就是那时候认识的。那天,丁甫全被突如其来的一场大雨浇成落汤鸡,连人带衣服烘烤在姜彭亮生起的火堆旁。闻讯而来的骆国龙问他:是不是你这次来了,古路就有水吃了?丁甫全说:不瞒你说,县民委账上一年只有万把元的不发达地区发展资金,全部砸到古路,这个事也摆不平。他进一步解释了"摆不平"的双重含义:古路全村的水不是万把块钱能引来的,更何况,全县有四个少数民族乡,这点钱全放到一个村,其他人会把皮给我剥掉三层。骆国龙难掩脸上的失落:这么说,你不来可能还好点——闻到肉香没肉吃,倒不如香气都闻不到的好。丁甫全说:肉要一口口吃,水也要一口口喝,我想办法先解决癞子坪吃水问题,山上几个组,以后慢慢想办法。回去以后,丁甫全果然挤出来差不多两千块接通了癞子坪的水管。

后来我采访丁甫全时,七十多岁的老人家虽然精神矍铄,但因为时间太过久远,当时很多细节都已在他脑子里模糊掉了。只是说到水管,丁甫全讲了一个插曲:整个汉源县都买不到合适的钢管,不得已,他跑到隔壁乐山地区(今乐山市)金口河物资局找熟人开了"后门"。然后,又给钢管买了火车票,这批"贵客"才到了长河坝。他说:我说这个的意思是,那个时候不光古路穷、县里穷,国家也穷。

闲篇翻过,继续来看只身出山的骆国龙可有斩获。

辛顺才递过来一杯热茶,骆国龙才想起,刚才买的一包"大红梅"还没派上用场。给屋里人一一敬了烟,骆国龙直奔主题:丁长官嘞,一晃几年了,大家都盼着你再到古路看一看。

辛顺才瞪他一眼:你这同志在说啥!共产党里没有长官,只有同志。

是,是,丁长官……同志,你们好久再上去调查调查,研究研究?

丁甫全摇摇头:你们那地方,现在想起来,脚杆还在打闪闪!

辛顺才接话说:古路这地名,丁主任说得我们耳朵都起茧了。

将烟头掐灭在一个茶色玻璃烟缸里,丁甫全看着骆国龙,正色道:正月十五前都是过年,年要过,玩笑要开,正事也要办。老骆,有啥想法,开门见山吧。

骆国龙脸色也肃穆起来:这次来,我想说说路的事。

说到路免不了提到丢在路上的一条条人命。提到兰绍安,自然就讲到他的岳母兰明秀。兰明秀出生在癞子坪,十一岁那年,咕噜岩申绍云背她上山，做了童养媳。兰明秀上山不久，父母就举家迁到了凉山州甘洛县苏雄乡。两地直线距离只有几十公里，因为没有路，有如隔着万水千山。她再次见到母亲和哥哥、妹妹是在二十多年后，那时父亲已不在人世。兰明秀好歹下过悬崖下过山，可村里被路困住双脚、一辈子在村里坐井观天的人，一口气能说出一长串：五组李可民恐高，这一点正好和妻子柴永淑"门当户对"，从小到大，他们从没出过村，也没看见山外的样子；二组李忠会不懂汉话，不敢下山，他目光到过的地方，就是他到过的最远的地方；骆国龙的姑父李福贵长得一表人才，可惜年纪轻轻落下腿疾，人生后几十年的生活空间再也没有变化……

讲着讲着，骆国龙的声音就小了下来。每个名字都是一块冰凉的石头，那些石头压低了他的声音。几乎与他灰暗下去的声音同步，沙沙的声音在耳边响亮起来。下雨了，他以为。却不是，是一支支笔在纸上奔走，大路朝天的样子。

停下笔，丁甫全的话走了岔路：路就不说了，说点别的吧。

丁甫全是对路的事情不感兴趣，还是除了对路，对别的也不感兴趣？骆国龙吃不准丁甫全的意思。但他知道，并不是所有声音都有机会被人听到，古路需要的，不就是机会吗？所以，顾不了那么多了，既然让说，我就说，接着说。

这就说到了电。竹篙、火把、煤油灯，解放这么多年了，这些东西还没有解放。党中央的声音我们都想听，但没有电，我们只有听风吼，听雷鸣，听鸟叫，听猴子肝经火旺从早闹到晚……

骆国龙又说不下去了。丁甫全和代盛杰不约而同地从笔记本上抬起目光，对视一下。代盛杰说：还有啥子问题，接着说。

见骆国龙有些迟疑，辛顺才往他的杯子里加了水，递到跟前：就当摆龙门阵嘛，来都来了，多摆一会儿也没关系。

一口茶下去，心里的话又浮了上来。骆国龙说：你们不嫌弃，我就再倒倒苦水。古路吃水也成问题，丁主任也是晓得的。村里人基本上靠"沁水"吊命，"沁水"，就是从山底下沁出来一股水，拿石头围成一口井，一滴也不许放走。从地底沁出的水，有的拇指粗，有的小指粗，有的夏天还拇指粗，到了冬天却没有筷子粗。水是靠桶背回家的，半夜就要起来排队，要是起得迟了点，吃水就得靠借。能不能借到水喝，要看你的人情……

骆国龙本不想细说，毕竟他不想跑题太远。见他们听得认真，代盛杰和辛顺才还一脸狐疑的样子，他才没忍住说出下面的话：古路一共六个队（原来叫队，现在叫组），一队叫流星，三十户人分住两个寨子。一个寨子背一次水要走不下十拐路——路远，走一程，累了，拿拐子撑着水桶休息，叫一拐路；另一个寨子，老水井出水量比奶水还少，头天夜里鸡叫三遍出发，排在前三的可以打上一桶，接下来五个可以得半桶，后面的就是空桶。二队斑鸠嘴，吃的水从深山老林里引出，引水的木头中间开槽，将槽连成一条线，看起来也像是条水沟了。水量不用担心，但山上一掉石头，打得落花流水。重新找木头开槽容易，再把"水沟"接起来就难了，有人为这个摔断了腰。三队咕噜岩是唯一不愁没水吃的。占着地利，1958

年从黑马溪引水开田,山上人也想吃大米饭呀。堰是开出来了,但古路的地土层薄,水一来,泥巴顺着石头往下滑,像坐土飞机。好在是有长流水了,但堰是泥巴糊出来的,流进缸里的可能是水,也可能是泥浆。四队冈冈上和一队差不多,两口井,一口出水量小,另一口出水量更小,而且隔着一个小时的路。五队马鞍山水倒丰盛,但是路远,差不多到了金口河地界。丁主任出马以前,六队癞子坪也是背水喝,要翻四五个埂。如今倒是好得多了,也难怪,山上几个队的人说丁主任办事不公。为什么?山上几个队吃水各有各的难处,但用水差不多都是一个样,洗完菜的水洗脸,洗完脸的水洗衣,洗完衣的水喂猪喂牛……

那洗脚呢?代盛杰插嘴问道。

骆国龙的回答他们怎么也想不到——衣裳还几年没洗一回,洗啥脚!

他们没有接话,骆国龙也没有往下说或者转换话题。什么也不说其实也是一种诉说。有时候,一刻沉默等于千言万语,胜过千言万语。就像现在,很多语意顺着骆国龙的话头奔涌着翻滚着轰鸣着,它们在巨大的静默里咆哮,掩盖了一切声响。

再深的井也有个底,再宽的河也有个岸。缓缓将笔记本合起来,丁甫全说:你说的我们都记下了。诓诓哄哄的话我就不说了——这些问题,一时半会儿,我们也无能为力……

那你们还让我说?!骆国龙腾地站起来,这不是脱了裤儿打屁——多余的事吗?

代盛杰哈哈笑了：你先听丁主任把话说完嘛。

丁甫全也乐了：都说我性子急，看来还有比我稳不起的。我说这些问题一时不能解决，但没说过一件不能解决呀。

骆国龙松了一口气：这弯绕得，比金刚藤还长！——那，我们就细细说说修路的事？

丁甫全摇摇头：片马、永利、宜东、料林……通乡公路还成问题。全县不通公路的村至少还有一半，你们那里修路花钱太多，难度太大。

一点可能都没有？

不是——是半点可能都没有！

那就拉电线，让大家也看看电灯。

钱都不说了，山高路远，电线杆子咋上得去？丁甫全接着摇头。

只剩一个选项了。骆国龙说：水，如果能把水管拉到另外五个队，你们也是功德无量了。

没想到的是，丁甫全还是摇头：共产党不讲功德，只讲工作。不过做工作要先搞调查，不能狗熊按键盘——乱弹琴。

工作无量，工作无量！骆国龙忙不迭地说。

笑声重新灌满屋子。

今天不逼着他们咬出个牙齿印，只怕是夜长梦多。这样一想，骆国龙也不怕有人笑他性急了：三个月之内，你们能不能到现场来看看？

听说县民委领导要来解决吃水的事，村里人兴奋得直吞口水。

兴头上李国清问了一句：先不是说争取修路吗，咋十八扯扯到水上去了？听说骆国龙原来是去争取修路的，大家脸上难掩失落，到手的鸭子飞了似的。骆国龙理解大家的心情，也就顾不上委屈，他开导大家说：油茶没吃成，喝口水也不错，只要把命吊着，就不怕往后没有好日子过。

古路村不再喊渴。但古路村人的渴望，生长得更加旺盛。

——路，用于行走的路，不同以往的路，连通世界的路。

骆国龙多年前埋藏心底的秘密，也许算得上古路通村公路的时间起点。但是，一只鸟撼不动一棵大树，一滴雨流不成一条江河，仅凭心中一线微光，照不亮远方的重峦叠嶂。漫漫长夜里，冷依偎着冷，黑叠压着黑，守夜人的目光却没有因此陷入绝望。

任成立1983年出任县交通局副局长，直到退休，一直分管工程技术。早在1988年，任成立就被丁甫全生拉硬扯去过古路。过翻天云时他就想打退堂鼓了，到癞子坪，目光在绝壁上爬两步滑一步，脚下也不由得发软发颤。天梯太陡太险，他被吓着了。让他望而却步的还有钱。修路要钱，哪里有钱！当时县交通局账上每年都有一笔资金，专项用于民桥民路维护。然而钱太少，每年万把块，有和没有差不多，只能撒撒"胡椒面"。再说那点毛毛雨全县六个区四十个乡镇都眼巴巴望着，你敢全部下到古路去吗？就是全部下到古路，一阵跑山雨，也把硬岩浇不透。

后来丁甫全又找过任成立几次，任成立都是躲得过就躲，躲不过就拖。一般而言，垮山、塌方断了乡道，县交通局都只能补助千把块钱意思意思。县上领导打招呼，出手大方些，也不过是把国省干道上的炸药雷管匀些过去。再高一点的要求就无能为力了，任成立跟嫌他"小家子气"的县领导发过飙：就是把我卖了，也凑不出你要的那个数！乡道尚且如此，村道可想而知——何况上不沾天下不挨地的古路。

家底都在手上，手上却空空如也，难怪雅安地委书记杨水源连续两次到古路村都没敢跟村民提起半个"路"字。背地里，杨水源却着实是为古路村动过一番脑筋的。从古路回来，同县上干部座谈时，修路的思路他也小心翼翼提过，县上一叫苦，他也就没有把话接着往下说——再说他们肯定会向他伸手，可自己手还打不伸展！于是想到了搬迁。古路村没有路，可古路人有脚啊，一走了之，走之而后快，多好。可搬迁是更大的问题：民以食为天，土地哪里来？河谷地带交通便利、粮食产量高，可山下人口早已饱和，那点地只够他们果腹。又有人提出往皇木乡一带搬，皇木乡地广人稀，调地问题不大，可那儿海拔比古路还高几百米。"人往高处走"，山区没这一说。

还是考虑以后给古路修一条路吧，杨水源说。以后是多久，他没有说。只是，自此，为了古路有条路，丁甫全跑得更勤了。不光自己跑，还拉上任成立、代盛杰和县领导一起跑。不光往村上跑，还往地区和省上跑。也不光送请示、递报告，还把厚厚的信封没完没了地往上送。

信封里装的什么？信封里的东西怎么来的？给出答案之前，先讲一段插曲。

其实，自骆国龙第一次下山找路，他如饥似渴的眼神就一直在丁甫全脑子里挥之不去。巧妇难为无米之炊，丁甫全知道。当个"甩锅匠"省心又省力，可他怕挨骂。古路人背后骂他吃粮不管事，这个可能是有的，但他不怕这个，被人骂的当官的又不缺他一个。他怕的是自己骂自己：古路人被路逼得都快没活路了，拿着政府俸禄，如果坐视不管，那是良心被狗吃了——何况你也是彝族人，洋芋屎还没屙干净！

丁甫全召集县民委的人群策群力写了一个报告，说古路的贫穷与落后，说古路出行的种种不易，说那条路上丢了多少人命。报告写好后往地区民委和交通局送了两次，换来的却是白眼。人家说，写下"蜀道之难，难于上青天"的是李白，你们把这古路吹得天都盖不住，你们不是李白，是日白（方言，不着调之意）！

也不怪人家不信。最开始，自己不也不相信有古路这样的人间绝境，不相信古路之路难比登天吗？

那就请你们去现场看一看吧！丁甫全不甘心就这样被打发走。

眼见为实，理是这么个理。更大的理是：地区民委一共也没几个人，事情太多，安排不出人手。

放弃一件事比坚持一件事容易不止百倍，可是丁甫全对自己说，也对同事们说，无论如何，这条路我们也要坚持走到底。

于是，代盛杰又一次去了古路。代盛杰不是一个人去的，跟在他身后的也不仅仅是单位同事,还有来自县广播局的"名记"——摄像记者程庆松、文字记者马军。

代盛杰当然没有带记者的权力。十个代盛杰加在一起也没有。那时候县广播电视局只有三台摄像机,一台主要跟书记,一台重点跟县长,另一台在一群副书记、副县长中间打转转。县领导还常常为摄像机对准谁争风吃醋呢,代盛杰,一个副科级,风水轮几转也与他不相干。可人家真的就跟在他身后了,只是程庆松的镜头并没正眼看他。

在多年以后担任过市民族宗教事务局局长的马军清楚记得,他们是1991年5月1日上的山。事情自然是有来头的。在地区碰了钉子,丁甫全找县委领导诉苦。诉苦不是丁甫全的强项,不过,要说争取领导,丁甫全也有一套。原原本本汇报了地区民委的答复,不待领导发话,丁甫全提出应对之策:他们来不了古路,我们就把古路搬到雅安!

把古路村平移一百五十公里,丁甫全这是疯了吗?当然不是。他是从成语里受到的启发——四两拨千斤。摄像机不止四两,古路在他心上却是重比千斤。

程庆松的任务不言自明,又不需要出新闻稿,马军又是来干什么的呢?当然不是看安全了,他的安全还要人看呢!出发前,领导做了交代,要他写一个调查报告,越详细越好,越生动越好,越有鼓动性越好。领导甚至不仅把"铁肩担道义、妙笔著文章"的字面意思和深刻内涵以及两者之间的逻辑关系做了深入浅出的阐释,还着重就"道"和"妙"的特殊意味做了意味深长的点拨。马军的思想压力随之而来，正合了领导本意：有压力才有动力嘛！

这次古路行，程庆松的摄像机镜头一路上替他大睁着眼睛：车过乌斯河，就算是进入了大渡河峡谷。地处横断山东缘的大渡河峡谷是我国一、二级地形阶梯阶坎上高差极大的部位，两岸崖坡几乎都是直上直下、如劈如削。河宽不过三四十米，最窄处只有不到二十米。谷底几乎全部为河槽占据，汽车贴着左岸前行，越是往前，河面越窄，眼前越暗。太阳起了个早，这会儿也在满负荷工作，可挤进这窄而幽深的峡谷的只有一线天光。真正的"一线天"到了，这是大峡谷左岸的一道峡谷，一道更窄的峡谷。一线天是成昆铁路"一线天桥"得名的来由，还是古路村的入口、一部古老史书的封面。往山上走的小路宽不盈尺，而且大约只有百步。百步之后就是九十度——连八十九度都不是——的绝壁。说刀削斧砍的绝壁直耸云霄，那是夸张了，山往天上爬，也要喘气也要休整——爬出一截，会往后仰出一段斜坡，待攒足了力气，再垂直向上。往上多高喘一口气却没有定准，有几米的，十几米的，几十米的。眼下这道断岩就只有三五米，一道铁梯就上去了。过不了多远，又是一道天梯连着一道天梯。程庆松只好把摄像机交到别人手上，待气喘吁吁爬上去，再要回来，小心翼翼端着，胆战心惊地从镜头里往外看。最考验人的还是咕噜岩。那是一道三百多米高的绝壁，从癞子坪看过去，崖壁像是刀切过的豆腐，刀口落下去时，不偏不倚，不多不少，刚好切成直角。这地方是不可能有人爬得上去的，这是程庆松的第一印象。但代盛杰说了,辛顺才也说了,岩上有路,真的有路,他才在半信半疑间被他们夹在中间往前走。走到近前,果然看见了他们所说的"路"。崖壁的确是直起直落的,只不过,就像上了岁数的人脸上会有皱纹,山岩上也有坑洼起伏,岩层间也有参差错落。那些起起伏伏的坑坑洼洼便是天然的路基了,时隐时现的小路,看得见人工开拓过的痕迹。岩层交错之处,正好可供铁梯落脚,一二三四五六……程庆松数了数,绝壁上趴着十道天梯。程庆松不相信世上竟然有这样的路,更令他难以置信的是,接下来,他要把自己的脚印留在上面,印在空中。信与不信这个时候已经不重要了,程庆松是带着使命来的。他承认自己这一路走得吃力走得惊心走得穷形尽相,重要的是他上去了,这已足够安慰自己。

军人出身的马军虽说不上淡定,但身体紧贴在岩壁时,至少没像程庆松那样两腿哆嗦到差不多让一座山都跟着他的节奏颤抖。他所承受的压力却并不比程庆松要小——"拿出一份有分量的调查报告",他掂量得出"分量"二字的分量。除了搁置在天梯上的时间,他的嘴、耳和手一刻也不敢闲着。古路这个地方,他的耳朵早就不陌生了,但当身临其境,那些丢失在路上的魂灵,以及他们的故事,仍然让有备而来的他,既感叹生活之重,又感叹生命之轻。

那些年,占着地利,咕噜岩上有一项营生叫烧碱灰。碱灰轻,可以拿下山,换油换盐换布。庆少云砍了一背柴回家,走了一段横岩就要上天梯了,他侧过身子,准备攀缘。这条路已经和他很熟了,但背上的柴是新柴,其中有一根,也不知本来就长,还是从柴捆中滑出一截，杵在了硬岩上。硬岩被戳疼了，反手一推，庆少云滚下岩去。

十八岁的兰绍安是庆少云的妻弟，陪新婚妻子回咕噜岩的娘家，算得夫妻双双把家还。去时捉了一只鸡，回癞子坪，老丈人让小两口背点洋芋回去。兰绍安体能好，走得快，下天梯时走在前面，妻子申其凤想追追不上。鬼在撵你唆？申其凤在心头嗔了一句。到了岩边仍没见着人影，她把脖子往前伸了伸，伸得超出了悬崖边缘，还是没看见。申其凤心里紧张起来，莫非……当然不可能出现这样的事，她在心里安慰自己，侧身踏上天梯。人是一格一格沉下去的，顺着脚尖往下沉的目光，因而晃动剧烈。落在柴棍上的目光突然有一格落了空——手腕粗的横档一端和龙骨连在一起，另一端却有气无力地搭在下一根横档上。申其凤心里一下空了，比横档原来的位置还空。把天梯龙骨与横档捆绑在一起的山藤年老体衰，兰绍安踩上横档时，人的重量加上洋芋重量，老迈的山藤无力承担，山藤撒手，横档脱逃，失去支撑的兰绍安坠下天梯……这是申其凤所分析的，也是后来被验证了的。申其凤卸掉背篼，连哭带喊回去叫人。被找到时，只做了一个月新郎的兰绍安早没了气息，却还在说话——他的身体在说话，骨头在说话。那些将他的手脚和身体背回村子的人们听到，他的不知碎裂成了什么样子的骨头，用凌厉而尖锐的声音，声声喊痛。

……

马军知道他要带下山去的是他们的希望而不是绝望，尽管有时候希望的芽孢正是脱胎于绝望的母体。古路归来，马军把一个村庄的疼痛转换成一个个有形的文字，转换为一份既见厚度更见深度的调研报告。在一气呵成的题为《古路忧思录》的调查报告中，马军从一条路的艰险曲折写起，然后一笔宕开，将因为行路难导致的求医难、上学难、生活难一一收入笔底，将当地人的心声和一个外来者的感受，淋漓尽致地倾诉给一页页稿纸。古路的苦难，他没有刻意渲染，更没有夸张变形。撰写这份调查报告时，他发现自己并不具备也不需要渲染和夸张的能力。他觉得能写出古路的十之七八就不错了，而不像有时候写一些新闻稿，需要把五六写成七八，七八写成九十。人在现实面前常常会生起能力恐慌，眼下，自己的笔力就是这样。古路有太多超出常人想象的东西了，回来后衣服在开水里一烫，盆子里漂了一层虱子是这样，古路无所不在的苦难也是这样。如果这些苦难是一个穷凶极恶的作案团伙，路就是罪魁祸首，就是那个教唆一群恶棍把石块和酒瓶砸向人们头顶的那个恶魔。

现在你知道了，信封里装着什么。一盒录像带，一份把《古路忧思录》作为附件的《关于请求解决古路村通村公路资金的报告》。我用不小的篇幅来打开这个信封，是因为它实在太过沉重。可它还是没能敲开地区民委和交通局的大门。事实上门是敲开了的，可门里边儿的人说，锅里有碗里才有，只可惜锅里也没有干货。

转机出现在2000年。这一年党中央提出西部大开发战略，决定发行长期国债十四亿元，把实施西部大开发、促进地区协调发展作为一项战略任务。

春风不度玉门关，北京的风吹到西部的西部是哪年哪月是个问题，能不能吹到大峡谷的褶皱间也是一个问题。那时节，汉源县民委已经更名为汉源县民族宗教事务局，丁甫全升任县政协副主席，单位"一把手"由邱建雄接任。邱建雄一开始真是这么想的，不过他的看法很快就来了一个急转弯。2001年3月15日，全国人大九届四次会议将瀑布沟水电站工程列为国家"十五"计划开工项目。这个位于汉源境内、距离古路不远、投资高达数百亿元的水电开发项目早在1958年就启动了勘察设计，有一个阶段还动用了苏联专家，却因为种种原因而中途停摆。这么大一个项目都被西部大开发的东风刮过来了，古路的路，当然也就有盼头了。

邱建雄和任成立又一次来到古路。市交通局和市民宗局分别给他们打了招呼，省上要筛选一批以工代赈项目，市县合力、部门联动，再把基础工作做扎实些，看能不能为古路村"抢"一碗"稀饭"。所谓"抢"，是因为僧多粥少，要拼"运气"也要拼"体力"；之所以不敢打"干饭"的主意，是怕胃口太大，鸡飞蛋打。作为"把工作做扎实"的重要一环，任成立手绘了一张骡马道平面图。要说绘图，任成立是"老司机"了，他也知道，这张图纸象征意义大于实际意义——不可能按照标准流程搞勘探，这张图纸也就缺乏工程意义上的科学依据。项目能不能上他心里没数，但他清楚，想上项目，预算就得压缩，就不能有勘探费用。如此情形下，工程预算怎么做成了一个技术活。减了加加了减，研究来琢磨去，他们报了十万元的工程预算。任成立说,放在今天,十万元用于项目前期费用都差得远,可他们只敢报这么多。冤枉路跑得太多了,他希望这一次不再做无用功。至于钱够与不够先不管它,有比没有强,先赌一把,赌了再说!

就是赌,要想赢,也是需要一手好牌的。厚厚的信封、薄薄的图纸、长长的报告,又一次郑重其事地摆到了四川省民宗委和四川省交通厅领导案头——说"又一次",是因为之前他们已经往省上跑了不止一次;当然,之后又跑了不止一次。

资金计划下来是2001年冬天。钱是从省交通厅"戴帽"下来的,到了县交通局,又划到永利乡财政所,不多不少,十万元。

在过去,冬天就是冬天。可是这个冬天,古路人说,它是为春天报信来了。

卤水点豆腐

头疼。

邱建雄头疼。

任成立头疼。

骆国龙头疼。

这头疼却不是十万元治得了的。相反,头疼是十万元引发的。

四公里路,两公里悬在空中,还是硬岩,拿十万元修这样一条路,和拿苍蝇拍打老虎没多大区别。找了好几批施工队,人家差不多都这样说，说完拍拍屁股走了。

任成立脸上有点挂不住。再怎么说，在汉源，在路上，自己也算有头有脸，这几爷子脚底下的油抹得也太多了些！回头想想，也怪不得别人。做生意首要图个吉利，赚钱多少人家也许不十分计较，要是亏了本，那是沾了晦气。这工程容易亏是明摆着的，他看得出来，那些老江湖当然也看得出来。更多的钱要不来了，把这十万元再拱手还回去也不可能——古路村老百姓这一关就过不去，他们可是望得眼珠子都要挣脱出来了。任成立突然后悔起来，不该顾头不顾尾的，不该只要十万元的。凭良心说，当时造预算，写个二三十万，下手也不算狠。

骆国龙心里同样着急。为这事前前后后跑了十多年，眼看要上马了，"马"却高傲得很，让人心存戒惧，不敢高攀。你还不敢逗一时之快，说不上就不上，说大不了放"马"归山，从头再来。他不敢伤那些为古路人操心的人的心。村里人的心更是伤不起——他们等这一天，已经太久太久。

邱建雄呢，到民宗局当局长也有几年了，在通往古路的路上也没少奔波。"米"的确是少了些，少到熬不出一锅稀饭。好些天里，他手上捧着饭碗，嘴里味同嚼蜡。

约个时间，骆国龙家火塘边，三个人的脑袋凑在了一起。

邱建雄说：车到山前必有路，事到如今，也只有硬着头皮朝前走。任成立说：只可惜，烫手山芋没人接呀。邱建雄抠抠头皮，欲言又止。过了好一阵，骆国龙犹豫着说：办法总比困难多，实在不行,我们自己动手。见两个人眼里都是云雾缭绕的样子,骆国龙把话挑明了说:这本来就是以工代赈项目,发动村民投工投劳,可以省下一笔工钱。邱建雄眼里睛开了:一把钥匙开一把锁,这句话真还只有你出面来说。任成立脸上却和邱建雄不是同一个天气:土坡路可以麻子打哈欠全体总动员,但两公里硬岩,必须用专业机具,必须靠专业人员。他这一说,邱建雄倒有了主意:话分两头说,路按两段修——两处断岩包给村里懂行的修,其余部分由村民投工投劳。任成立问骆国龙有没有问题,骆国龙说没问题,这些年村里不少人外出打工,会用凿岩机的不止一两个。任成立却担心,别个老板都不干的事,只怕他们也不干。骆国龙说这倒不一定,外地来的老板修路只图挣钱,他们不一样,把路修好,自己也要受益。

以这次碰头会定下的思路为基础,县交通局、民宗局和乡政府共同商定:有限的资金全部砸到硬岩上去。根据地理条件,硬岩施工分为一线天、咕噜岩两个标段,各分配两万五千元、六万七千五百元工程资金。剩余七千五百元作为"公款",购置的凿岩机两个标段共同使用。

接下来就是思想动员。投工投劳没人反对,承包工程同样没人反对,只是同时也没人应声。会也开过,理也讲过,可很多问题并不是开会能够解决的。看起来越大的理,往往越缺乏说服力,要不然也不会有村民张口问:你们说管理好了有钱可赚,那些包工头就懂管理,为啥钱摆在面前也不捡?你们说自己吃点亏不要紧,做了好事,子孙后代都记得,我们也不怕吃亏也想做好事,但吃亏做好事也得有资本。

寻思一夜，骆国龙有了新的主意。

那时候骆国龙是村支书，申绍华是村主任，申其军是村会计，三个人好得一个鼻孔出气。因此，连虚晃一枪也没有，骆国龙说：这条路，也只有你两个修得下来了。

两个人听得云里雾里。闷了一会儿，申绍华说：开啥玩笑，凿岩机长啥样我还不晓得。申其军说：眼看脑壳都不够用了，你还来锉脑筋。

骆国龙给他们一人发上一支烟：你们不会，家里有人会。申绍平和申其安，我可听说，他们在外面吃得开。

申绍华是申绍平的哥哥，申其军是申其安的哥哥。他这一说，两个搭档抱怨起了支书，心疼起了弟弟。就听申绍华说：我兄弟是个老实人，就算我可以欺负亲兄弟，也不能欺负老实人。话音未落，又听申其军说：亲兄弟明算账，我当个村会计，算计来算计去，算计的却是家里人，哪有这个理。

骆国龙闷了半晌，竟也理直气壮：这不没办法了吗？

申其军将他一军：你是支书，你怎么不去打头阵！

申绍华的话说得还要难听些：你这个样子，跟电影里的国民党军官好有一比——尽喊弟兄们往前冲，自己却当缩头乌龟。

骆国龙终于还是说服了他们。骆国龙说他之所以躲在后面是因为家里没人会使凿岩机，让他们上是因为知道他们的弟弟有这个本事，而他们又有说服弟弟的本事。骆国龙说如果这个方案再行不通，这条路就成了死路一条，古路往后再修路的可能就比胡豆雀儿还小了，因为上边会说你几爷子拿到钱都花不出去，给了机会都不晓得珍惜。这一来以前的努力就都打了水漂，后人都会骂我们几个窝囊废。骆国龙还说，没做过的事谁也说不清楚，假如又赚了呢，麻雀腿上还有二两肉嘛！如果赚了，那是好人有好报，要是真的亏了本，我保证当成自己的事，帮着他们往上边反映。

两个在外打工的年轻人，被当哥的打电话叫了回来。骆国龙说过的话，申绍华和申其军差不多原封不动地搬给了他们。

是合同就得签字画押。到底才二十八岁，人年轻，也没当过老板，提起笔，申绍平的心也跟着提到了嗓子眼。他对申绍华说：咋感觉在签卖身契？

申绍华瞪他一眼：签就签，不签算了，反正我也没拿刀逼你。不过丑话说前面，你要临阵脱逃，以后再有啥事找我，我眼皮都不得抬一下。

其实，把亲兄弟逼上阵前，申绍华也是打过一通算盘的。申绍平承包的"一线天"虽说只有两万五千块，毕竟断岩远不如咕噜岩长，而且申绍平对操作凿岩机得心应手，就算真的吃了亏，大不了亏掉自己的工钱。算过这本账，再算另一本。说起来，申绍平在外打工也有七八年了，收入虽说不上高，细水长流加起来，一两万总是有的。可这小子有个烂毛病，今朝有酒今朝醉，吃了上顿不管下顿，所以钱没攒下来，媳妇儿也没娶着。往后日子长着呢，要是借这机会，学会当家理财，也算立地成佛。学啥技术还不都要交学费,何况这个活儿,说不定能挣上几个。

申绍平平时没少赖当哥的罩着,就连后来,他的婚礼还是申绍华出面为他操办的。因此,见申绍华没留退路,他也就只有硬着头皮把自己的大名黑字落在了白纸上。

如果说申绍平多少有点屈打成招,对于在工地上"赚两个",申其安心里的确是抱着一丝侥幸的。这十几年,他参与修过的路多了去了,就连跟别人吹牛也时不时来一句,老子修的路比你走过的还多。咕噜岩这一段虽说石头是硬,岩层是高,但"卤水点豆腐,一物降一物"的民谚他是熟的,开山打洞填炮眼他是熟的,咕噜岩的地形他也是熟的。绝壁长得像豆腐,我恰巧就是那道卤水——在合同上签字时,他心里竟掠过一丝得意。

两个标段错时施工是为了节约——共用一台凿岩机,避免资金浪费。也有摸着石头过河的意思——小心驶得万年船。

一线天首当其冲。就像当哥的说的,申绍平是个老实人。开工的日子,对他自己来说,对古路村来说,都算得上是一个新纪元的起点,可他愣没记住那个日子。我反复让他仔细回忆,他冲我憨笑着,举重若轻地说:你就写,那天就开工了,说开工就开工了。

那天就开工了,说开工就开工了。自然,申绍平不是一个人在战斗。合伙人骆云海矮他一辈,却是一起长大的毛根儿朋友,外出打工,一个往东,一个绝不往西。就连领工资也要约到一起,打麻将下馆子也要约在一起。连裆裤穿上就脱不下来,申绍平邀他"打个平伙",骆云海想都没想就答应了。除了操作凿岩机,打炮眼、放炮、出渣、砌堡坎都需要人手,两双手根本就拿不下来。关键时刻,俩搭档一边站出来一个当哥的,做了他们的帮手;乡政府也派乡武装部部长罗开茂现场蹲点,协调炸材、维护秩序、解决疑难杂症。

柴油机突突突突响起来的时候,几个人心里莫名激动,尤其是申绍平,他觉着自己的心都在跟着飞轮以肉眼难以追踪的速度旋转。转速最快的却是楔状的钎头,如果凿岩机是一支所向披靡的王师劲旅,钎头就是直捣黄龙的先头部队。作为精锐或是刀锋,有一点骄矜疏狂,即使不被公开接受,也是可以得到私下谅解的,钎头高调地誓师,也就助长了几个人的斗志。像端举一支冲锋枪那样,申绍平抓握起凿岩机手柄。

第一枪却"走火"了——钎头没有吃进岩层,却在同岩壁短暂交锋后,被"当"的一声弹了回来。

按说这一声"当"他是听不见的,柴油机在咆哮,空压机在助威,钎头也在发出类似自己形状的尖叫,从岩壁上升起的虽然坚硬但是细小的声音他还是听到了。几个人都听到了。

有压迫就有反抗,明白这个理,申绍平也就理解了钎头遭遇抵挡的必然性和合理性。也可以倒着说,在过去的打工经历中,钎头以独有的语言,教会并帮助他理解了有压迫就有反抗的道理。没想到遭遇的反抗如此激烈,是因为对这座看着他们长大的高山,他们的了解还是太肤浅了,肤浅到连岩壁上星罗棋布的古生物化石和化石发散的气息,他们都未曾在意,未曾读懂。如果懂一点地质学,他们就会知道,他们此刻面对的和所要征服的,是前震旦系(五亿四千万年以前)峨边群至二叠系(距今约三亿年)峨眉山玄武岩厚达数千米的地质剖面。也就是说,在他们之前,这部数亿年前的"地质天书",从来就没有人像模像样地打开——甚至触碰过。大山有灵,大山如人。我们轻易不能唤醒一个沉睡的人,何况入定了亿年之久。延续亿年的清梦被搅扰,沉淀亿年的静默被掀翻,保养了亿年的肌肤被划破,大山不可能不做出反应,反应不可能温温吞吞。

岩壁在反抗,我们何尝不是在反抗呢?也许那时候申绍平他们真是这么想过:我们被险峻的崖壁困于大山,被孤绝的大山拖进贫穷,被残酷的贫穷锁住喉咙,我们也是被生活压迫,我们也是在反抗生活。

信念的召唤比任何肉眼可得之物更能激发斗志、更能激活能量。认定了这是一个必须拿下的山头,申绍平眼睛里射出的光突然就变得灼热起来。一个二十八岁男人眼里喷射的烈焰有着难以想象的高温,眼前的石灰岩也不由得变了颜色。申绍平又一次端举起凿岩机。这一次,机器手柄被他抓得更紧也更稳了。

钻头又一次发出了冲锋的呐喊。岩石依然保持着防守的姿态。

钻头跳了一下,旋即又猛扑上去。

也许是攻势着实猛烈,也许是顽固不化后的自我觉醒,又或许是被古路人逼仄的生存状态触动了恻隐之心,坚如磐石的岩壁,这个数亿年光阴都没能打倒的老人,眼睛一闭,任一根钢针刺进体内。

是得寸进尺,也是得理不饶人,钻头在占着一点便宜后乘势而上,向着光阴的内部一寸寸掘进。

尽管出师不利,第一个炮眼还是很快就打好了。

炸药填满。引信点燃。雷管引爆。

一声巨响填满山谷。整座大山,还有大山对面的大山都在跟着震颤。

不知道发生了什么,远处山梁上的猴子目瞪口呆,稍近一些,栖落枝头或是草窝的斑鸠、麻雀惊诧莫名,一边振翅高飞,一边惊魂未定地议论着身后的突发性事件。太阳从云层里探出头来,看见了眼前的一幕,听见了一个村庄慌乱又兴奋的心跳。

路是从上往下修的。为什么从上往下而不是由下而上,我当初也很好奇。申绍平说,因为石头是往下滚的,从下往上的话,不光会埋了刚修的路,一不小心还会埋了修路的人。

被炸药从山体上掰下的石头咕噜咕噜滚下山去。没有被炸药掰下,但已被撕出裂口的岩石,在钢钎和锄头的追赶下也咕噜咕噜滚下山去。好在那时候一线天下没有人户,从山下行经的汽车不多且在安全员骆国龙的管控之下,大石头伙同小石头往下跑时,才显得肆无忌惮,无法无天。

疯狂的石头还是惹祸了。跨度六十四米、高二十六米的一线天桥是国内跨度最大的铁路石拱桥,那时候整座桥还在峡谷间"裸奔",不像后来,为了防止落石冲击桥体,桥体两侧加穿了一层钢筋混凝土"大衣",并且戴上了厚厚一顶"帽子"。石头从岩壁滚落,有的掉进了河中,有的掉在了路上,有的没头没脑地撞向了斜横在右下方的一线天桥。

要是砸到火车或者电气线路那还了得!铁路方面心急火燎找上来,要求他们必须停工,马上停工。

操家伙干工程申绍平游刃有余,摆事实讲道理却显得捉襟见肘。骆云海的舌头却要灵活得多:对你们来说,铁路是天大的事,对我们来说,村道是地大的事。你倒说说,天和地,哪个大些?

对方的话和语气一样硬:铁路是国家的,便道是村里的。国大还是村大,你们掂量掂量。

骆云海嘴皮子也挺利索:铁路是国家的,古路也是国家的。手掌手背都是肉,如何分出肥和瘦?

对方口气软了些,话的重量却一点没有减轻:不知者不为过。不过我要告诉你,中国重返联合国,中央政府送给联合国的纪念品,就是一线天桥模型……

骆云海差点没把大牙笑掉:啥子叫国际玩笑?你这就叫国际玩笑!

看看桥又看看那人,申绍平也在旁边帮腔:睁着眼睛说瞎话,原来就是这个样!

对方下一句话却让他们再笑不出来了:这是可以随便乱说的吗?一线天桥的象牙微雕至今还存在联合国总部!

骆云海接不上话了,省城他都没去过,联合国的事他哪说得清楚。节骨眼上,从乡政府领完炸材赶回来的罗开茂和申绍华打起圆场：修铁路那阵我们地方上也参与了嘛，路地是一家，啥事不好商量？

商量的结果是，工程可以继续，但要减少炸药填充量，降低飞石方量，确保铁路安全。这样一来，炮眼就打得少打得小了，耗费的人力相应增多。好在路线很快拐弯了，拐过弯，炮声的嗓门又变得高亢起来。

为节省工期，从开工到竣工，申家两兄弟和骆家两兄弟都住工地。先是挤在一个岩腔，钻山洞打通后，便又穴居洞中。每天晚上，他们就着一盏煤油灯摆龙门阵，灯芯明明灭灭，亮起来时照见他们对道路贯通的憧憬，暗下去时，那些消失在一线天的面孔就浮显在了昏黄的石壁上。

历时一个多月，悬崖路通到了一线天峡谷入口处。如果把崖壁向后折转九十度，临空俯视，你会看见坦荡如砥的石床上，有庞伟的力量，开掘出一条宽约两米、深约一米五的沟渠。再把折转九十度的崖壁还原竖立，从谷底仰望，"沟渠"还在，立体感却消失了，并因立体感的消失变成了一条不断回头的灰白色线条。这根线条就是古路人以前盼着、现在念着的骡马道。

骡马能走的道，人当然也能走，而且以前必得由人来走的路，以后也可以交出一部分由骡马代劳。以前，人是人也是骡马，以后人是人，骡马是骡马。古路人的喜悦比高铁开通或又一条高速公路建成时城里人的喜悦还要来得汹涌，毕竟城里人只不过是多一条路多一个选择，但他们不是。

一线天传来的捷报，对负责咕噜岩的申其安是安慰也是鼓舞。

他曾经是有过一番观望的。协议本来就签得踌躇，回去再一思量，心情愈加沉重。反悔吧，人大面大，他做不出来。劝自己硬着头皮上，又感觉找来的理由并不充分。好在申绍平他们是第一梯队，他想，他们要是半路上开了小差，我借机撤退也就天经地义。没想到他们却攻下来了。攻下来了也好，说明这仗还是有得一打。万一打赢了呢？

工欲善其事，必先利其器。凿岩机是现成的，炸药雷管，乡政府也可以保证供应——虽则购买炸药的钱款要从工程款里列支。怎么把这些东西送到工地，这是申其安面对的第一道难题。

飞轮和储气筒拆卸下来，凿岩机还是下不了两百斤。从天梯上把这两百多斤的东西背上三百多米高的绝壁，看到这里，有人一定沉不住气了，怎么可能？！我要告诉你的是，作为凿岩机动力来源的柴油机重达三百八十斤！

——没错，可以用作拖拉机头的柴油机也要靠两只肩膀扛上去！

路后来的确是打通了，说明空压机和柴油机的确是上山去了。也没人看见过直升机，更没看见过外星人帮忙，说明空压机和柴油机的确是靠人力背运上山的。更重要的是人们确乎看见这些并没长脚的庞然大物是从天梯上一步一步爬上来的，而且亲眼看见了从庞然大物下方吭哧吭哧喘出的粗气。

三组苟树强和四组骆云周都是赫赫有名的大力士。申其安拿出六张百元大钞，请他们把庞然大物背上山去。

两个大力士是借助一副背架子，采取"盘丁丁猫儿"的方式挑战不可能的。"盘丁丁猫儿"，就是你背一段，换下来我再背一段，你又来替，就是轮番接力。一路上，申其安组织了四个人给他们当"保安"。从一线天上到咕噜岩下，每隔百十来米，两个人轮换一次。每每此时，主力额头冒出的汗珠子已长到豆大，准备接替的一个，却还汗水涔涔。这一段还只是累，拿下咕噜岩，就是累与险的叠加、生与死的对决了。绝壁行走已是步步惊心，在转个身都困难的岩窝上交换接力，简直就是玩命。最扣人心弦的是平行于绝壁、垂直于大地的登攀，不管手上一滑、脚下一软，还是心里一慌，人和机器都会粉身碎骨，万劫不复。

不可能完成的事情终归完成了。从大伙身上卸下的零碎，以及工程所需的四吨柴油、三吨炸材也都通过村民双肩陆续爬上咕噜岩。

接下来就看申其安的了。

咕噜岩下，与癞子坪挨边的桐子林彼时还是荒山野岭。没有伤着人畜砸着庄稼的后顾之忧，工程一上马就开足了马力。

开工第七天惹了麻烦。炮声一响，碎石乱飞，其中几块砸着了兰明福的山。

当地把人去世后的居所称作"山"。兰明福2001年作古，他的"山"在桐子林。

兰明福的"山"是石头垒成的，没用石灰，也没用水泥——那时候，古路村没有一座"山"玩过这些阔。高处落下的石头不仅将"山"上的石头打得七零八落，而且将"山顶"掀开，将棺椁顶盖砸成两截。

人死后闭了嘴，活人还张着嘴巴。兰家人不干了，死者为大，入土为安，欺负人呀这是！罗开茂做工作一时也没做通，申其安慌了神，要申其军给个主意。兰明福是申其军岳丈，见女婿来说情，岳母骆朝珍哭哭啼啼，说兰明福一辈子不讨人嫌偏偏死了还不得清净，又说都说老天有眼老天爷咋老是欺负老实人。申其军使个眼色，兰绍芝给当妈的打来一盆洗脸水：你老人家洗把脸，消消气。石头不长眼睛，跟它讨啥气怄。何况说不定这是老天给爹捎信，让他晓得我们古路马上就要有一条路了……

她这一说当妈的心里果真宽敞不少，又听说乡政府要拿出一笔钱，重新为兰明福修"山"，老人家终是止住了哭声。她对兰绍芝说，你爹到底是当过生产队长，我们干部家属，也要讲点觉悟。

很快，乡上出钱，村上组织，申其安张罗，兰明福的"山"重新在原地耸立起来。骡马不光从山下驮来沙子水泥，还驮来了方方正正的火砖和闪闪发亮的瓷砖。见这情形，骆朝珍心里的气差不多也都散开了。在坟前，她对兰明福说：兰老者，以前你经常说不晓得古路修了路会是啥样子，现在，路的光，你也算是沾上了哈……

没过两天，石头又惹下祸事。路刚修到癫子坪正上方崖壁上，一场雨落在了庆少田、应树良、庆少章的苞谷地里。这雨要是从天上落下来的就阿弥陀佛了，却偏偏是工地上滚落的石头下成的"瓢泼大雨"，将正在灌浆的苞谷棵子砸得倒的倒歪的歪。损失明摆着的，总得拿话来说。申其安人年轻，言语到底不够周严：这是给村里修路,修路款里也没这预算。人家一听来了气:路是全村人的路,损失是几家人的损失,有道是桥归桥路归路,我们只找你,至于你找哪个,跟我们不相干!

双方的话越说越对不上口型,庆少田他们到工地一拦,申其安顺势给工人放了假。说是放假,其实就是停工。一停三天,申其安一点不见着急。自打工程开工就没像样休息过,大事小情就没一样省心的。工程往前推进,施工难度和危险系数不断增加,每一天都过得提心吊胆。光提心吊胆倒也罢了,工程进度远远跟不上资金消耗的进度,每干一天,申安其都感到赚钱的可能性往反方向又跑出一截。申其安心里想,要是他们这一闹正好把工程闹黄,我也就解套了,那才真是谢天谢地。那几个人并不知道申其安葫芦里卖的什么药,看他给工人放了假,还一脸无所谓的样子,心里的气更是不打一处来,扬言申其安必须赔偿损失,一个苞谷籽儿都不能少,否则他的炸药雷管就要变成一堆泥沙,除非他敢先给他们点上一炮。

几个吵架的急坏了看架的。眼见着双方都铁了心不给对方好看,骆国龙出面打起圆场。申其安肚子里在嘀咕个啥,他听得一清二楚。揣着明白装糊涂,他找到申其安说:俗话说得好,牛打死牛填命。打了人家庄稼,不赔钱也得赔个礼。你也先别给我钱长钱短,我看你娃,首先是道理没讲伸展。

那几户人其实并不是存心要敲竹杠,只不过是心疼庄稼,想给申其安一点颜色,骆国龙也是心知肚明。他一家一户做工作:要为别的事,不要说照价赔偿,就凭态度不端正,要他娃加倍赔偿也说得过去。但路是给全村人修的,要赔也要全村人赔。他要把这话抬出来,你们把箭头指向他,瞄准的却是几百号人。

分头沟通过,他又把双方找到一起。一坛杆杆酒喝下去,双方的话就到了一个调子上:多大个事儿嘛!

如果说之前的插曲只是打了个顿号,工地又一次停工,打下的却是一串省略号。

这一次连申其安也卷铺盖回了家,理由是空压机坏了。上次停工,申其安只是做做样子,工人走了,他还守在工地。这一次看样子不是闹着玩的,骆国龙把申其军和申绍华叫到一起,找上门去。

前脚刚进屋,申其安先给了一副坏脸色看。也不敬烟也不上茶,申其安沉着脸说:晓得你们来干啥,不过我劝你们,不要枉费精神。

申其军瞪他一眼:话都不会说!

申其安还他一个白眼:我没你能干,你当干部,你会挖坑,你连亲兄弟都往坑里面推。

申其军正要发作,申绍华伸手拽住了他,转而对申其安说:还有两百米路就通了,一条牛都剐到了尾巴上,你又何必嘛,背名背声的……

不是空压机坏了吗?申其安的语气,让人感觉他掌握着一个至高无上的真理。

申绍华一句话戳穿了他:空压机也不是海里的潜艇、天上的飞机,不是啥子高科技。

申其安鼻孔里哼了一声:站起说话不腰疼。

骆国龙沉不住气了：有话摊到桌面说，你是咋想的？

申其安嘴唇动一下，欲言又止。

申其军脚一跺：聋了还是哑了？叫你说你又不说！

申其安气又上来了：都说好多回了，钱不够钱不够。事到如今，别说两百米，连打二十米的钱都没有了。就是抢，去哪儿抢，你们也要给我指条路！

乱弹琴！这三个字还没来得及从骆国龙嘴里跑出来，申其安接着又说：当初县交通局画的图纸，咕噜岩这一段一千二百米。幸亏我们重新设计线路，压缩到八百米。就是按八百米，六万七千五百元工程款摊上去，每米只有八十四元。这八十四元包含了炸药和柴油，包含了炸药和柴油的运费，包含了工资，包含了工人一日三餐、烟酒茶钱。别说一米，每往前一步都难上难。炮一放，石头沙子往下缩，人紧张得脚指头都把鞋底抠穿了，就怕塌方把人一起带下去。炮还不敢放大了，砸到高压电杆，一根就是十万块，把我卖上三回也赔不起！炮紧着放，工就用得多，发工资要钱，柴油要钱，炸药要钱，打酒买烟要钱，张嘴吃饭要钱，没有钱，路一尺一寸都不会自己往前走。到现在，我手上除了账本啥也不剩，你们想咋样咋样吧，反正我不仅没赚一分一厘，还白流了几桶臭汗……

你是死猪不怕开水烫了？申其军忍不住打断了他。

申其安横眉竖眼地盯着他说：换了你，也不会火烧眉毛还不晓得跑。

申其军斜睨他一眼：狗嘴里吐不出象牙。

申其安吼道：你吐一个出来我看看！

申其安心里的苦，骆国龙并不是体会不到，因此申其安说话时，他的耳朵一直跟着他的节奏在走。申其安刚刚这句话却把他给逗乐了，照着他的话风，骆国龙说：别说象牙，狗牙他也吐不出来。

这一说，屋里几个人都笑了。申家两兄弟也是，只是由阴到晴切换太快，有点不自然。

接着又是一阵哑默。打破沉默的是骆国龙：话丑理端，其安能坚持到今天的确也不容易。我们也不是没长眼睛，也不是非要搞行政命令，只不过，俗话说得好，只要思想不滑坡，办法总比困难多……

申其安截住他的话：除了追加资金，能有啥子办法？说完起身到里屋拿出一个皱巴巴的小本子，递到骆国龙手上。

不用说，这是账本。骆国龙一页页翻开，一行行看过，递到申其军手上。搓搓手，他对申其安说：晓得你有难处。只是，眼下，不是没有钱嘛。

骆国龙拿不出钱，申其安也就拿不出好话来：又要马儿跑，又要马儿不吃草。哪里有这匹马，你们哪里找去！

申其军腾地站起来：咋说话的，我看你这张嘴就是茅房里的石头——又臭又硬！

申其安顶他一句：哪个叫你们逼着牯牛要下儿！

申其军两眼一瞪要发作，申绍华两只手按在他的肩膀上：将心比心，其安也实在是比谁都难。见两兄弟都不说话了，骆国龙重又开了腔：其安不干了，情理上也不是说不过去。看着火坑往下跳，换成我我也不干。问题在于合同已经签了，即使村上同意你半途而废，乡政府也不会答应。

他这么一说，申其军心里就有些过意不去，再对申其安说话时，语气也软了下来：早晓得，当初也不该把你逼上梁山。

早晓得？晓得滥尿不喝汤。申其安的头埋得比话音还低。

申其军的声音却突然长了个儿：当初你不也以为搞得好可以赚两个吗？男子汉大丈夫，就是一泡屎，也要把它吃了！

优秀的厨子一定也善于把握火候。骆国龙知道是时候拿出解决方案了：一、乡政府代为采购的炸材足够接下来的工程所需，至于空压机，我托人请二大队申其亮帮忙修复；二、申其安三天之内把工人重新找回来，争取再用一个月把路打通；三、由我出面向上反映，争取追加两到三万元工程款，如果乡上和县上解决不了，我亲自去找一趟水源书记。

骆国龙的意见，申其安没有反对。没反对就是同意了，但有人不同意——原来跟着申其安干的几个人听说工钱要先记在账上，都推说抽不开身。申其安谁也没有勉强。他想，我已经跳进火坑了，怎么能勉强人家也跟着跳——钱能不能要下来还是未知数，要不来钱这就是个坑。但是，就像申其安仍然对骆国龙持有信任那样，对申其安抱有信心的人还是有的，可能也带有赌一把和帮一把的侥幸与同情，李国银、申其林、申其亮答应跟着他干。申其安又从甘洛县找来以前一起打过工的阿木不且、泽正能，重新把队伍拉了起来。

几乎与工地复工同步，骆国龙一连去乡上、县上跑了几趟，但车费花了不少，钱没要到一分。他说过实在不行就去雅安找水源书记，去了才知道，这时的雅安从地区变成了市，水源同志也从地委书记成了市人大常委会主任。骆国龙马不停蹄找到市人大，工作人员告诉他，水源主任出差去了。这一趟，骆国龙是把申其安一起约了去的，有给自己壮胆的意思，有人多力量大的意思，也有让申其安看到他没有空口说白话的意思。希望落了空，回汉源的大巴车上，骆国龙都不敢轻易和申其安搭话。接下来，工地又要停工，这已经没有什么悬念，仅有的悬念是，工程一停，以后还能不能复工，如果能又是什么时候。可申其安还是说话了。他对骆国龙说：这样的结果，我也不是没有想到。骆国龙本想安慰他几句，可在脑子里搜了半天，也找不到一句说得出口的话。这时又听申其安说：不过我是想好了，事到如今，就像我哥说的，就是一泡屎我也把它吃了。骆国龙以为自己听错了，盯着申其安，半天回不过神来。申其安脸上却是从未有过的严肃：先干，干完再说。我总不能年纪轻轻，就背着个只会摆烂摊子的名声！

2003年3月15日，地老天荒的咕噜岩上，长八百米、包含三个隧洞（最长一个为二十米）的骡马道，随着最后一声炮响正式贯通。自此天险变通途，自此天梯成往事，自此小道响起驼铃声，自此村里村外不再谈路色变、望路生畏、为路所困、被路夺命。

咕噜岩这一段路的修建过程，我大多是从申其军那里听来的。

当往事涌上心头，他心里的兴奋和愧怍在我眼前展露无遗。兴奋是情理之中的，这件古人没有干成、后人不会忘记的事，是他们申家干成的，是他的亲弟弟干成的。愧怍也在情理之中——亲弟弟上了他的套，而且，至今没有解套！

申其安后来到甘洛县阿兹觉乡吉乃彝各村当了上门女婿，申其军提供这个信息的同时，告诉了我申其安的手机号码。我开车来到甘洛，在苏雄乡学校大门口拨通了申其安的电话，问他我该怎样走才能去到他吉乃彝各村木什足组的家。他说：地址是我哥给你的吧？不过你到了我家也见不到我，我这会儿在湖北呢！工地上吵得很，有话留到晚上说吧。紧接着，一片嘈嘈切切的砖刀落在砖头上的声音就从手机里传了过来。晚上，再次拨通申其安的电话，我和他聊了足足一个小时。他说那段路修下来，除了自己垫支一万多元，他还欠着别人三万多元工资。他说他到外面打工也是想挣到钱就把欠着人家的都尽快还上，但上有老下有小，往往是挣的钱还没到手就先花出去了，工友的工钱也就只有慢慢慢慢还。有时一年能还几千，有时能还几百，好在现在只剩万把块没结清了。说到这里，申其安的语气终于明亮了一些：我这个人欠账不赖账，虽然有时候也同情自己是吃了守信用的亏，但一个人活着，你就不能不守信用。他寄望于明年工作稳定，工资增加，早点把欠别人的还清，也就不至于电话响起时一惊一乍。

最后，申其安问了我一个问题。这个问题还真是把我问住了。

——这条路修得太难太苦太艰辛，有没有可能立一座碑？

路从天上飘过

一刀切的断崖，曾经让他们绝望。崖壁有多高，绝望就有多高。崖壁有多陡峭，绝望就有多陡峭。

但是如今，一刀切的崖壁上，两条腿可以直立行走，四条腿也可以。

村人的激动是我的笔墨所不能足额兑换得了的，虽说这只是一条并不宽敞的山路。人同此心，情同此理——嫦娥四号探测器通过"鹊桥"中继星传回了世界第一张近距离拍摄的月背影像图，你不能说，那只是一张照片。

引发情绪崩滑的是一匹马。

马是黄安洪刚刚从外面买回来的。黄安洪是古路村五组人。三组在咕噜岩上，五组马鞍山在比三组更高更远处。

才到咕噜岩下马就赖着不走了，一副心事重重、苦大仇深的样子。黄安洪提着缰绳往前拉，却像拉动了马桶开关，"哗哗哗"，马肚子下突然有了动静，一股浓烈的臊味冲到地上，又从地上弹起。

吓尿了？！黄安洪想和马开个玩笑。这是他和这匹马相处的起始，他想给对方留个好印象。也不知是不解风情，还是好情绪在一线天那里就搞丢了，马把脖子向上一昂，反倒把黄安洪往前拖了两步。

黄安洪急了：哥们儿花几大千块买的是力气，不是你的坏脾气。

马起先还竖着耳朵，听他这一说，反倒把耳朵软软垂下来盖住耳洞，鼻孔里还呼呼有声，仿若在说：钱又没给我，说这些。

黄安洪就有些生气，拿手在马屁股上拍了一下：面子给多了是不？

这马屁没有白拍。马忽然有些感动，就凭黄安洪刚刚这一个动作。黄安洪的手高高举起轻轻落下，它从力道上感觉得到，他并没有真的拿它当畜生。它是从来没有想过辜负人的，不知人们怎么就能心安理得地辜负他们的合作伙伴。就说先前的主人吧，它也没少为他出力流汗，他却看在钱的分上，一脚就把它蹬出几十里地。人这个物种，咋这么势利呢。不过，黄安洪改变了它的看法。这个人不欺负马，它愿意跟着他走。跟谁合作不重要，重要的是，他要懂得尊重你。一个不懂得尊重马的人是不值得马尊重的。

可没走出两步它又反悔了。

先是马反抗人，现在，马也遭到了反抗。脚下的路，每一步都在和它过不去。

要说山路，这匹马也走过不少。路陡，但比这还陡的路它不是没见过。像这么滑的却真没见过。整座山就是一块石头，从山上开出的路，自然也是石头。石头不仅硬，而且滑。马蹄也硬，也滑，踩在石头上，又是斜坡，滑上加滑。碎石和泥沙还来搅和，像是撒了一地豆子，要多滑有多滑。

马走得艰难，人也一样。路又没有护栏，要是滑到路边，没能悬崖勒马，骡马道就成了黄泉路。黄安洪想：今天人和马轻装上阵，走起来还是退二进三，以后还指望着靠它解放自己的肩和背呢，我是想多了吗？

人和马还是上去了，抵抗归抵抗，抵达归抵达。虽说路上也曾身心疲惫，拴好马，收了汗，黄安洪忍不住喝了一小杯——古路村有路了，马鞍山有马了，如今日子，跟几百年前、几年前，甚至一天前，都不同了，值得庆祝一下，应该庆祝一下。那条路，路上的马，马鼻上的缰绳，成了界碑，或是界线，将过往撇到了一边。因此，一个人喝下这杯酒，他还是喝出了两段旋律的味道——"耳畔响起驼铃声"的味道，"跟往事干杯"的味道。

一匹马和一个人的初体验，也是若干匹骡马、若干户人家新生活的开始。慢慢地，古路人走惯了这条路，接纳了这条路。坎坎坷坷也是路，跌跌撞撞也是路，有路比没路好，踏实比空虚好，得到比失落好，活着比死去好——他们是这样看待脚下这一条路的，虽然心有块垒，眼里仍是晴空。

自从骡马道开通，路面硬化就在期待之中。知道这一天迟早会来，但迟是多迟，早有多早，没人知道。给出答案距离骡马道开通大约九年，黄安洪说，这比他的预期来得稍晚了一些，像2002年的第一场雪。

在汉源采访，不少人对"三大会战"津津乐道。尤其骆云莲，直截了当地说：离开"三大会战"，古路村不可能有今天。

我自小文科不好，理科比文科还不好，向来是见了数字要绕着走的，这一回，看来是非得把"三大会战"搞个清楚明白不可了。这才从县文联主席李锡荣提供的资料上看到，作为传统农业大县，着眼于改善农村生产生活，2012年，汉源县启动了交通、水利、产业"三大会战"，在当年和随后几年里，累计投入资金三十多亿元，新修、改造农村公路九百多公里，解决十七万人生产生活用水，发展特色产业六十万亩……看着手上的材料，我忽然意识到，成见真是个可怕的东西。拿我刚刚提起的这些数字来说，它们也有生命有温度，它们也是一场春雨、一场花事，它们原来也都是我愿意亲近的美好存在。我不该对数字持有偏见，至于反感，就更不该了。

现在，请让我翻开"三大会战"中的"交通篇"，定格属于古路的这一个章节。

路面从一线天下硬化到咕噜岩上，分了三段，用了三年。第一段从一线天到桐子林，耗资二十万元。第二段从桐子林到癞子坪，争取到资金二十五万元。第三段从癞子坪到斑鸠嘴，"撒"下三十万元。

钱是有些少。少到没法走招投标程序——不是技术上做不到，而是买了沙石水泥，再雇骡马把材料运上山，钱就花光了，鬼都招不来，还招啥标。只有"一事一议"，号召村民投工投劳了。村上开会统一思想：路是大家走，力要大家出。

立马就有村民同骆云莲唱起对台戏：都搞"大会战"了，还下"毛毛雨"，"上面"也太抠了！听那语气，不能光给一口锅，灶啊柴的最好都别落下！

骆云莲皱起眉头绷着脸：天上下雨地下滑，自己跌倒自己爬。只要组织的照顾，不顾组织的难处，这是啥子道理？

找条理由还不容易：下种收割人人都会，要说打路（方言，硬化道路之意），盘古开天地，我们就没干过！

骆云莲说：吃饭你还没学过呢。何况这不是发射火箭，也不是制造飞机！

绝壁以外的路基趁硬化一并加宽。加宽路面要占地，占地后如何补偿？有人追着她问。骆云莲答：凡事有得有失，你们为大家吃了亏，大家会记着这份情。

这句话一说，有地被占的人家多数不吭声了，却还是有思想上转不过弯的，非要她说个子丑寅卯。骆云莲先还耐着性子好言好语，说着说着声音就大了起来：骡马道是谁出资给我们修的？政府。这条路谁花钱给我们硬化？还是政府。越往后，政府腰杆越打得直，我们得到的好处也会越多——前提是要政府觉得我们有干劲，觉得钱花在古路不冤枉。要得公道，打个颠倒——换作你帮别人，别人还挑肥拣瘦、得寸进尺，你又作何感想？最后，骆云莲一锤定音：确实有困难的提出来，合情合理的问题合情合理解决，要是胡搅蛮缠，许进不许出，村上就把他拉入"黑名单"，以后再有好事来，一律和他不相干！

说骆云莲泼辣，那是你没见过她柔弱的样子。

当这村支书，骆云莲眼睛哭肿过几回。而她的眼泪，最初是当爹的给逼出来的。

2010年年底，村"两委"行将换届。骆国龙没法再干下去了，一来年岁不饶人，六十二岁的他已经干了十二年村主任、十五年村支书。二来他风湿重，一到冬天，脚痛起来，自己根本就招呼不住。接班人却让他犯了愁。村干部里边，年富力强的几个和他一样，"文化水不平"，现今工作不比当年，有文化如虎添翼，没文化寸步难行。就拿"5·12"地震来说吧，救灾物资多，要填的表册也多，村上老会计从早忙到晚，还是出了差错。又如2009年，第二轮林权改革，每家每户三张表，每张表都像一张网，不仅内容复杂，而且工程浩大，村组干部无不谈表色变。最后多亏骆云莲让上高中的女儿邀约一帮同学，利用暑假时间突击几天才勉强按时交差。也正因如此，骆国龙想动员担任村妇女主任，同时兼着四组、五组组长的骆云莲报名参选。可话才出口，就被骆云莲顶回来了：屋头两个女娃娃，我顾了村上哪个管她们？骆国龙说他可以帮着管，骆云莲说：现在管娃娃，你以为还比得当年！你管不管得下来都不说了，村支书每个月只有两百多块，打小工挣的都不止这么多。骆国龙叹口气：年纪轻轻就往钱眼里钻。骆云莲反问一句：钱不是万能的，没有钱万万不能。娃娃报名读书要钱吧，穿衣吃饭要钱吧，身上有个疼痛要钱吧？骆国龙耐着性子说：要是古路变了样，吃点小亏也划得来。骆云莲针尖对麦芒：冰冻三尺非一日之寒，你干了几十年村干部，古路不还是这个样？骆国龙不高兴了：哪里还是这个样了？骡马道不是通了吗？好日子不是有盼头了吗？骆云莲说：路是通了，只是走一步要滑两步；盼头是有，盼归盼，只怕没尾只有头！女儿从没这么和他顶过嘴，知道强扭的瓜不甜，骆国龙赌气说道：没人干我就接着干，就看这把骨头熬垮了对你有啥好处！

父亲一句硬话让骆云莲心下一软。后来当妈的和姐姐又轮番攻心，说老爹的不易，说老爹的信任贵比千金，问她是不是存心要把老爹逼出个三长两短。骆云莲忍不住流了泪——明明是你们合伙逼我，反倒说是我逼着老爹，你们的"弯弯理"，弯得也太没有道理……

骆云莲还是决定报名参选——当妈的说了，你爹走路都一瘸一拐的了，你咋那么心狠？不就报个名嘛，顺他一口气！

是啊，不就报个名嘛，报完名她心里又咚咚乱跳——你骆云莲几斤几两，何德何能？一根嫩头葱，除了你爹，鬼都不得选你！选举那天，骆云莲给自己投了一票，不为胜出，她只希望自己不要被选票太过伤了颜面。

选举结果出人意料。参选党员二十五人，骆云莲得了二十五票。躺在床上，骆云莲又一次流了泪。每张选票都是一份信任，每张选票都重若千钧。要是工作没有起色，自己下不来台不说，老支书脸也没地方放——他从来把面子看得比脸盆都大。可村支书又的确不是那么好当的，上面千条线，下面一根针，老爹如坐针毡的样子，她又不是没有见过。光是出力流汗倒无所谓，力气用不完，汗是不冻泉。可一个地方的变化不是靠喊口号或者使蛮力就能实现的，尤其是古路村，要资源没资源，要外援没外援。就连一条像样的路都没有——骡马道修通七年，跟以前比是方便了不少，但跟外面一比，人家是高速，我们是龟速。都说人比人气死人，可不和人比，穿件外衣叫不思进取，外衣一脱，那叫自欺欺人。老话都说了，这山望着那山高。真要望不见，除非瞎了眼。大家想走好路，想脱贫,想把城里人的日子搬到山上来过,你能说他们错了吗?他们没错,想过像样一点的日子有什么错!那他们想得不那么过分的你就得给他们,你得想法子帮他们实现心愿。不然他们选你干啥?他们才不想选一个活菩萨在那儿供着!可担这副担子、背这口黑锅的为啥是我,非得是我?想着想着,骆云莲的委屈又变成眼泪泛滥起来……

不管怎么说,骆云莲已经是朝天椒、已经是辣妹子了。面对村里大事小情,她的目光不再躲闪,脚下不再犹疑。她还没有找到一条让村里人走向富裕的路,但她已经出发,已经走在了寻路的路上。她知道自己未必就能找到那个路口,她同样知道,路一直在那里,只是你还没有找到它。而找到它,你首先得去找,你得像一个赶路的人。

你得像一个赶路的人。骆云莲把这句话说给村里人听时换了一个说法:就是前面有一碗肉,想吃肉,总还得自己动筷子。

她说这句话是有现实根由的。村里有那么几号人,老指望天上能够掉馅饼。掉的馅饼还不能小,还得有人帮着送到面前来。这种人说多不多,说少不少——就是一个也不少,因为"等靠要"有传染性,染了这病,骨头要软,腰背会弓,人会四肢无力。人真要这样就扶不起来,也不值得去扶了。什么种子开什么花,什么藤上结什么瓜。所以她想,不好的种子必须剔除,长歪的苗子必须扶正,这是要切断传染源,这是治病救人。

一个只会说好话的人不是什么好人。那是好好先生,没有原则、没有底线,也不真诚,更说不上真诚地帮助别人。就没一个像样的家是家里人把相互恭维抬举戴高帽进行到底的,只有希望这个家好、家里人好,有毛病才给你指出来,高不高兴都指出来,越不高兴越要指出来。对不相干、不关心、不负责的人才会一味口吐莲花、虚与委蛇。你不在意他的成长,也就不会对他交付真心。他的堕落与颓废,你可以视而不见,还可以口是心非,送上一堆漂亮话。这样的人,看起来宽厚、友善、有涵养,本质上却是自私、冷漠、缺乏爱。

——我一贯这样认为,一贯认为持有同样观点的人很难遇到。但我发现,在投工投劳硬化村道这件事上,骆云莲下定了决心当"坏人"。她说村子也是一个家,一个合格的家长必须带头讲真话。

看骆云莲带人拉着皮尺将路一段段量出来,摊派到每一个户头,村里人——当然也包括嫌"上面"下的"雨"不够大的那些人——无不读出了隐含其间的深意。可这时候了,还有人等着看热闹——那几户老弱病残都能把路硬化出来,那可真是活见鬼了;还有几户在外打工,要人丢下手上活路天远地远赶回来,怎么可能!这些人能够想到的,村"两委"也都想到了,而且早有预案:亲帮亲,邻帮邻,村里人差不多都沾亲带故,真正没劳力的,村上吼一声,没人会袖手旁观;至于在外打工的,电话上讲清楚,你也别冤枉跑一趟,又买车票又误工,村上找人先把任务帮你完成,过年回来,怎么回谢别人是你的事。

各人的娃娃各人抱,路上很快热闹起来。硬化水泥路的确不是高科技，一眼看不会，多看两眼也就会了。硬化好的路面很快从不同位置开出了一朵朵花，延展成一条条花带。

当三条花带串联在一起，从山上拖到山下，从云端垂到谷底，黄安洪和他的马再上山时，彼此之间就变换了位置——以前黄安洪走在前面，用缰绳把马往前拉扯，如今，水泥地盖住了滑溜溜的石头，陡一点的地方抠出了防滑坑，更陡的地方还做了梯步。脚下踩得稳了，马的思想不再滑坡了，身上的劲儿也不打折扣了，黄安洪抓着它的尾巴，马身上的力气也就传导到了他的腿上。马蹄落在地上的声音不再是冷冰冰的"咔咔"，而是暖烘烘的"嗒嗒"，人的喘息也明显加快了节奏，兴奋的情绪掺杂其中。兴奋里面又有一点紧张——速度一快，心跳得就厉害。尤其是下山，坡陡弯急，马常常控制不住速度。黄安洪坐车走过高速公路，硬化后的骡马道相对以前也算是"高速路"了，既然是高速路就该有护栏，有安全网。山下的高速公路有安全网，山上的"高速路"也该有。

黄安洪把他的想法讲给骆云莲听。骆云莲抿嘴一笑：你这是要我们搞面子工程？

骆云莲比黄安洪大一岁多，但论辈分，却要喊他表叔。要不是这样，黄安洪就不会有啥想法都对骆云莲说，别人不愿说的他也说。就像骡马道刚刚硬化到咕噜岩那阵，大家对骆云莲说：是不是趁热打铁，一口气把路硬化到马鞍山去？骆云莲先是支支吾吾，见大家非要她一清二楚表个态，她才道出了按兵不动的理由。出口的话却是一鸣惊人：古路还是该修一条路——四个轮子敞开跑的正儿八经的路。既然想修公路,还是先别硬化的好,浪费。话一出口大家心里也就有数了——这不是一句推口话吗?她这是要躺在成绩簿上睡大觉呢!难道不是?古路村的骡马道硬化了,上边知道这个就可以了,一级一级往上报就可以了,上完报纸电视就可以了,至于留没留一截尾巴,这截尾巴又有多长,尾巴又没长在领导身上,领导才懒得关心。上边不过问,谁还操这闲心?想明白了这个理儿,大家也就懒得枉费口舌了,得罪人又没好处的事,谁干谁傻。黄安洪却不怕得罪骆云莲,想说的话一句没省下,话还说得有棱有角:你们当干部的,也不能净做面子工程吧?背后都有人说了,你们家搬下山了,山上就不管了。要是你们家还住山上,说不定最先整的就是这一段!骆云莲知道大家对她的想法有意见,但黄安洪把话说到这个分上,她却始料未及。她问黄安洪:表叔也这样看?黄安洪反问道:你说呢?放在以前当然不会,不过现在,今非昔比……骆云莲问他:今非昔比怎么讲?黄安洪说:去年你当选了全国人大代表,难怪有人要说,你身份一变,想法也跟着变了。他这一说,骆云莲脸上反而笑开了:就是当了全国人大代表,我才决定这段路先不硬化。黄安洪不明白她的意思,直到她拔下葫芦塞儿,倒出心中的话:给古路修条公路,这个梦大家做了不知多少年。以前想,也就是想想而已,都知道我们县是个穷财政,市上省上又鞭长莫及。以前,我们的声音难得传出这匹大山,如今当了人大代表,有了"扩音器",听得到的人就多了。既然有可能,可能性还大,为啥不试一试?她把曾经给自己说过的话对着黄安洪又说了一遍:路一直在那里,只是你还没有找到它。而找到它,你首先得去找,你得像一个赶路的人。黄安洪只念过四年小学,"扩音器"指代什么,一个"赶路的人"应该是什么样的状态,他不能用语言清晰表达,心里却是再清楚、具体、形象不过的,因此听骆云莲这么一说,他脸上就有些发烫——他误会她了——她不是一个做面子工程的人,而是相反。

还没等黄安洪想好怎么给自己打圆场,骆云莲哈哈笑了:开个玩笑,你别当真。实话实说,给骡马道安装护栏和安全网,你这建议,跟我不谋而合。

时隔不久,财政部有领导来川调研,骆云莲受邀参加。年初的全国"两会"上,第一次进京履职的骆云莲提交了《关于粮食直补的兑付建议》,财政部经济建设司因此组织人员来成都与部分全国人大代表就改善粮食直补方式等问题开展座谈。骆云莲建议增加粮食直补补贴,并且直接补给种粮农民。她说:农民也在积极创新,比如发展污染小、无公害的绿色食品。绿色食品产量低,市场价格却和那些用化肥"催"出来的差不多,建议有关部门科学合理增加补贴,提升农民种植绿色有机食品的积极性。发言至此,骆云莲话锋一转:希望国家加大对边远山区交通基础设施投入,为山区群众脱贫致富筑牢底座。骆云莲讲起古路村修筑骡马道前后的变化,接着又说,只有彻底解决出行难问题,像古路村这样的偏远贫困山区,才不至于拖了全国人民奔小康的后腿。

骆云莲从成都回家的第二天,县财政局局长张群英来到古路村。并肩走在骡马道上,张群英问骆云莲对打破古路交通瓶颈有何设想,骆云莲脱口而出:修公路!张群英摇摇头:修公路少不了几千万,只怕有个过程。照我看,消除路上的安全隐患是当务之急,我们可以在这上边先想想办法。虽然修公路的事跑偏了,骆云莲心里还是乐滋滋的。她对张群英说:我还有个得寸进尺的想法,不知道能不能说。张群英笑了:话都到嘴边了,我要拦只怕也拦不住。骆云莲脸上就有两朵红云飞过:如今来古路的游客越来越多,爬上山要两三个小时,如果捎带着修几个亭子,让大家路上有地方休息,那就真是俏媳妇戴凤冠——好上加好了!

两百万元项目资金很快到位。骆云莲干劲更大信心更足了,她相信古路村人苦苦期待的那条路正在慢慢靠近,她也相信,只要机会从眼前经过,哪怕碰得头破血流,她也会放手一搏。

那是2015年的春天,骡马道安防工程竣工三个月后。还有一个星期就要进京开会,骆云莲还是每天神出鬼没,难得见着个人影。好不容易打了照面,骆国龙劈头就问:你一天没头苍蝇般乱串个啥?骆云莲说:你以前不是教导我,"人大代表"是一张牌吗,好牌不能揣在兜里,我正忙着砌牌,准备和个大的。骆国龙盯她一眼:老大不小的人了,说话还是天上一句地上一句。骆云莲头一抬眉一扬:我正在把你老人家未竟的事业向前推进呢——古路也该有通村公路,这次去北京,我要拿着高音喇叭大喊一气。骆国龙嘟哝一句:这不还没进京吗?骆云莲就笑了:功课不做足,空口说白话,说了也是白说。

　　前段时间，骆云莲游说县交通局领导，又通过县交通局搬来成都勘测设计研究院，对古路通村公路进行了现场踏勘。经过半个多月紧锣密鼓的工作，设计人员拿出了一个从马坪村下到一线天峡谷深处马夹弯，再从马夹弯盘旋至咕噜岩的公路设计方案。马坪村通往县城的路是现成的，马坪村到咕噜岩的路一通，相当于古路村也就和县城、省城、京城联了网。听她眉飞色舞这么一说，骆国龙眼前先是现出了一条"U"形公路的轮廓，接着就有一个高倍放大镜，在峡谷两岸的崖壁上刻出了一个又一个首尾相接的"Z"。如果说当年开通骡马道实现了古路人连通世界的梦想，倒不如说，那是一个驿站，他们的心愿只是在那里歇了歇脚。梦想再启程，希望再出发，骆国龙不可能不激动，不可能不兴奋——更何况这个梦是他一直做着的梦，这个携梦上路的人是他的接班人，也是他的女儿。他的话听起来有点"抖音"也就不难理解，他问骆云莲：算过没，要……要花多少……少钱？

　　四千八百万。许是数字太沉之故，骆云莲的声音弯折着腰身。

　　尽管耳朵不怎么好，四千八百万，骆国龙还是听清楚了。他不免为女儿着急：上面领导会不会说你狮子大开口？

　　这是专家测算的，我又不是专家。骆云莲知道这样的解释并不能解除父亲的担心，而父亲的担心其实也是自己的担心。倒也不是国家能不能拿出这笔钱来的问题，政府工作报告她都亲耳听总理做过几回了，多拿几个、许多个"这么多"都是九牛一毛。问题是人少投资大,会不会有人说这样花钱不划算?

说到底,我们还是发展中国家,从中华人民共和国成立初期到改革开放,一直强调"公平优先,兼顾效率",在少数人身上大把花钱,性价比太低——台词她都替别人准备好了。可公平与效率正好也是她计划中说服别人的切入口:经济发达地区都海陆空并进了,古路人还车轱辘都没见着一个,这不公平。

意思是这意思,但得换个说法。四川代表团驻地,当年和省委书记的一番对话,骆云莲记忆犹新。

那天,看见省委书记和省长坐在一起吃自助餐,隔着几张桌子的骆云莲觉得这个"上访"机会不容错过。同伴友情提醒,没准儿领导在说大事,你现在过去只怕容易碰壁。骆云莲本来心里也有一面鼓在咚咚敲着,"大事"二字反倒给她做了思想动员:对于古路村来说,再没有一件事能大过一条路,错过这村,只怕再没有这个店!

对于骆云莲,书记和省长并不陌生。2013年全国"两会",骆云莲用半生不熟的"椒盐味"普通话向参加四川代表团审议的时任国务院总理温家宝分享建成骡马道的喜悦,还通过一个非虚构"段子"让总理领略了四川人的幽默:我们村与乐山市、凉山州交界,村民轻易不敢接听电话,因为一接就是长途加漫游,电话费遭不住(方言,难以承受之意)。而这次,就在头天,李克强总理来四川代表团,骆云莲又有不俗的表现。作为来自"4·20"芦山地震灾区的代表,骆云莲拿出一沓照片,向总理展示了灾区重建成果,并代表灾区人民向总理发出了"再到灾区看一看"的邀请。骆云莲的落落大方给在场的人留下了深刻印象,因此,见骆云莲走过来,省委书记笑着让她在身边坐下。

没有过多客套,骆云莲说:我是越级"上访",领导莫要怪罪哈。书记乐了:知道你无事不登三宝殿。骆云莲就说起了想给古路修条路的事,古路之路以前是什么状况,现在是什么样子,往后又如何打算,连同专家踏勘、工程概算,她提纲挈领地做了汇报。见书记、省长听得认真,骆云莲心里反倒有些忐忑:等我说完,他们会不会一个太极把我支走?没承想,骆云莲话音刚落,书记就问她手上有没有现成的材料。骆云莲说有,都在我脑子里装着呢!书记又笑了:你脑子里的东西别人也看不见,回头你写个东西,我帮忙反映情况也可以说得清楚点。说完,又交代秘书和骆云莲互相留了电话。

材料是连夜写出来的,手捧打印稿,骆云莲抬起头,阳光从窗缝里挤进屋中,新鲜、明亮、暖意沛然。

接下来就是等了,骆云莲准备了足够的耐心。没有包含失望的耐心都不能叫作足够,因为人间的事情,没有到最后一刻,都可能只是开始,也可能早已结束。何况书记也没有明白无误地说这条路非修不可;何况你面对的是一个村,人家面对的是一个省;何况这件事情这么大又那么小;何况修路的理由尽管充足,不修的理由却更加充足。

直到北京的会议结束,骆云莲伸向希望的钓竿,鱼漂一动也没有动过。回到家,又眼巴巴等了一个星期,那个已经在心里背熟的电话号码还是没有叫醒过自己的手机屏幕。骆云莲去河边散步，看见有人钓鱼，她问收获如何，人家说：刷白钩了。

骆云莲心里疼得不行。她感到一只鱼钩挂在了自己心上，冷不丁又被人提了一下。

第八天，电话响了。市交通局打来电话：省交通厅领导要到古路村调研，已经上了高速。骆云莲高兴得心都要飞出来了，哪知电话又一次响起，说厅长临时有紧急事务，人到半路又反身回了成都。以后他会再来的，电话里说。骆云莲问人家有没有说什么时候再来，电话里说没有说。

这一等就是一个月，两个月，三个月。再等下去就有些索然无味了。然而，对于等待，骆云莲并不愿轻易放弃——虽然等来的可能是失望，而且随着时间推移，失望的可能会越来越大。但她等待的也是希望，她相信希望的重量永远大于失望——当一个人彻底失去了希望，那样地活着，将会比等待本身还要苍白。

2015年8月21日，四川省副省长、雅安市委书记叶壮来到古路村。那天的太阳从升起到落下就没偷过半分钟的懒，从一线天到村活动室，四个小时里，日头让赶路的人出了几身汗。叶壮是一边爬山一边聊着天进的村，跟县里来的干部聊，跟乡干部、村干部聊，跟村民聊，也跟路上邂逅的游客聊。骆云莲由此知道，叶壮头天到省上参加脱贫攻坚工作会后，省长专门找到他，说四川与全国同步全面建成小康社会，重点在农村，难点在贫困地区，像古路村这样至今不通公路的村子，必须拿出实实在在的办法，防止他们在小康路上掉队。"

有省长这一番话，这番话还是副省长亲自带到村里来的，而且一同来的还有省市县一众领导、专家，骆云莲相信这是古路村人离祖祖辈辈的梦想最近的时刻，她甚至觉得，她已经看到或者说是站在了那个苦苦找寻的路口。

叶壮在现场召开的市、县、乡、村、组五级干部会上开宗明义：中央对脱贫攻坚作出了重要部署，省委、省政府对古路村摆脱困境十分关心，指示从根本上解决大家的出行难问题。路是给村里修的，怎么个修法，欢迎大家多提意见。

必要的客套总是要的。有关领导发言后，骆云莲先是表达了谢意，然后简要汇报了前期成都勘测设计研究院和县交通局所做的工作，接着便迫不及待地说：修公路的方案是现成的，只要资金到位，马上可以开工。

接过话来，叶壮说：骆代表这是一个思路。上山路上我也问过游客，他们冲着什么来这里，他们说大峡谷有意思，原生态的古路村有意思，不通公路的古路村有意思。古路未来发展，旅游产业是一大支柱，游客的所思所想，我们不能置若罔闻，我们要立足当前，更要着眼长远……

一边听，村组干部一边犯起嘀咕。

这路是不修了吗？一个组长忍不住挑明了问。

当然不是，叶壮说，我在想，我们修路，不能为修路而修路，要让通村路成为致富路。

通村路谁不想,致富路谁又不盼。听他这么一说,骆云莲悬起的心放了下来。方才小声议论的组长们也安静下来,用耳朵打量起有史以来到过古路的最高级别领导为古路规划的路——是路,又不光是路的路。

叶壮描绘的专属古路的通村道路大概是这样的:它因地制宜,它另辟蹊径,它避免对山体大开大挖,并以此留住乡容,保全村庄的神秘与安宁,它既与外界便捷沟通,又让自己遗世独立……

同时满足以上条件的,也只有索道了。可是,索道算路吗?能替代路吗?有路方便实用吗?骆云莲脑子里被一连串问题塞得满满当当的,其他村组干部也是面面相觑。

叶壮从一张张脸上看出了他们的内心。知道此事非同小可——至少对古路人来说,他没有替他们作出抉择,而是用目光在一张张脸上徐徐扫过:行,还是不行,大家的意见也很重要。

会场突然陷入了沉默。世上的一切,仿佛在顷刻间失去了声音。

兴奋。忐忑。兴奋中有忐忑。

激动。紧张。既激动又紧张。

迟疑。凝重。因迟疑而凝重。

这大约是所有读书人都曾有过的经历:这张考卷事关前程,这道考题分值重大,这个答案模棱两可,这个时刻心跳如鼓……

与心中的起伏不同,与脸上的动荡相反,他们中的大多数人选择了沉默。

沉默也是一种回答。弃权也是一种选择。

事情大约就这样定下来了：修建高空索道，连接马坪村二道坪和古路村斑鸠嘴，再从斑鸠嘴修建入组道路。

对于这样的选择，古路村人——包括村组干部，也包括老百姓——的后悔和担心还是没有缺席：也许应该一步到位，修成公路；索道悬在空中，心也悬在空中；人和货物过索道，也不知收不收费……

这样的话他们说了，而且说了很多。只是这都是方案定下很久之后的事了。临到天黑再把苞谷摊在晒场已没有意义，明晃晃的日头已经错过。他们终究还是张嘴说出来了，而不是把这些话憋死的同时憋死自己。这个时候能听见他们的话的大约也就只有骆云莲了，他们让她把话带到"上边"。"上边"说：如此这般也有如此这般的道理，而且之前也征求过大家意见，索道前期工作已经启动，你好好做做他们的工作。

村支书的任务，不就是"做工作"吗？

骆云莲答应，好好做他们的工作——"他们"里其实也包括了自己。修路还是架索道，哪一个更符合村情、更有利于古路，骆云莲当初心里也摇摆不定。一个人在进退维谷之间是容易肯定自己更容易否定自己的，这个时候，也是别人的意见最容易成为自己的意见的时候。

骆云莲努力做自己的工作。上级领导的出发点无疑是好的，因地制宜、绿色发展、立足当前、着眼长远，说得多好。上级领导的眼光也是不该怀疑的，人家走过的桥，比自己走过的路多。

说服自己后，再做村民工作时，骆云莲底气也就足了起来。有人说桥归桥路归路，索道和公路不是一回事。她说路是路，桥也是路；苞谷是粮食，洋芋也是粮食。有人说你口口声声说古路要搞旅游业，要让城里人把钱送到家门口。公路都不通，游客的钱总不会自己长脚跑上来。她说谁说修索道不能吸引游客来？恰恰相反，好多人是因为古路不通公路，有其他地方都没有的神秘感才来古路，公路一修，神秘感没了，只怕游客也要跟着消失。更何况懒人最好学，通了汽车，人家一脚油门上来拍个照，一溜烟儿下山，自家的床自家睡，自己的饭自己吃，我们哪来机会挣人家的钱？又有人说喇叭一响黄金万两，汽车开进村，山货也可以跟着下山。不通车，东西拉不出去，还是要肩挑背扛，还是要把豆腐盘成肉价。她说汽车能运的索道也能运，有多少羊子吃不下山？村里那点山货，一辆载重二十吨的汽车跑两趟差不多也就清空了，劳神费力修条路，资源也破坏了，资金也浪费了，还可能闹得个人财两空。

知道她说的"人"是什么，"财"又是什么，眼见她说得头头是道，遥想着天空铺上轨道，古路的新生活也就上了轨道，反对的声音慢慢少了下来、小了下来。骆云莲总算是说服了大家，也是这时候，她才真正说服了自己——之前她是在"做工作"，"做工作"免不了用肩膀代替大脑，而这个时候，她觉得自己说给大家的话，其实也不完全是代肩膀发声。

怀抱期待的人，总是愿意相信明天的长相亲睦和蔼。明天又并非一成不变，而是不可避免地被刷新、被覆盖、被重塑，一抬手成了今天，再一抬手成了昨天、成了过去，就像下面这些日子：

2015年8月21日，以索道代公路的建造思路初次提出、初步确定；

2015年10月19日，古路村索道工程采购公开招标；

2016年4月22日，总投资两千四百三十万元的索道正式启动施工；

2016年8月1日，索道承重绳、牵引绳、载人机箱及牵引设备、站房建设基本完成；

2016年10月21日，省市媒体发布图文报道，古路村索道调试进入尾声；

2017年3月8日——这一天的很多细节，骆云莲至今历历在目。

那天她起得比前些天要早，穿上赴京前精心准备的民族服装，对着镜子，她抬起双手，把头上的"哦尔"（彝族妇女的一种头帕）扶正。头一天，骆云莲得到消息，有中央领导要来参加四川代表团审议。体现四川形象，展示彝乡变化，表达感恩心声，骆云莲的激动成因复杂。

万万没料到，这位中央领导，竟是习近平总书记！

骆云莲激动得心都要跳出来了。

更令人激动的是她争取到一个发言机会。

她有太多太多的话想对总书记说：得益于国家关心扶持，古路村2010年通了电，不再两眼一抹黑；"三大会战"中，原来的钢管被

PE管取而代之，天再冷水管也不会受冻开裂；结合脱贫攻坚，村里产业结构转型升级，花椒、核桃都已投产……

这些话题随便展开哪一个，都可以说上半天。然而，她知道，从人民大会堂经过的时间，每一分每一秒都无比珍贵，她只能挑最重要的说，用最精练的语言讲好这个故事：从自古无路到古路新路。

总书记听得认真，问得仔细："悬崖村，我从电视上看到过。原来不通路。"

"这里是在大渡河峡谷的上方，四面都是悬崖。"

"原来是走溜索的？"

"以前是天梯，后来是骡马道。再往后就走索道了，索道拉近了村民与外面的距离。"

"是政府拨款建的吗？"

"是的，是的。花了两千多万。"

"两千多万？"

"两千多万。"

"投入使用了吗？"

"建设已经完成，很快就会正式运行。"

"这我就放心了。"

……

一个是总书记，一个是村支书，话题聚焦一个村，目光盯住一条路。同总书记的合影大面积占据媒体头条，骆云莲一夜之间成为"网红"。比骆云莲更"网红"的是古路村——越来越多的人试图找到答案：一道旷世深峡，隐藏着怎样的秘密？悬挂绝壁的村庄，经历过怎样的传奇？云端之上的彝寨，绽放着怎样的美景？

索道开通，于是不再只是一个村庄的内部事务。2018年10月1日上午9点，横亘在马坪村二道坪与古路村斑鸠嘴间的高空索道迎来了第一批乘客。尽管只是试运行，尽管站房内部还未装修，周边环境有待提升，古路人的激动，还是感染了凌空飞渡的游客。

我比绝大多数经由八百米高空登陆古路的外来客提前二十年进入古路。1999年秋，参加工作不久的我随县委调研组从一线天爬钢梯来到癞子坪。当时的六组组长兰明福告诉了我们村庄得名的来历——石头，或者人滚下山谷，"咕噜，咕噜"。

2009年初夏，硬化前的骡马道上，又一次留下了我的脚印。古路小学围墙上，"琅琅书声云中荡，彝苗成才固根基"的巨幅标语皎如日星。此后我又去过古路两次，两次都是从骡马道盘旋而上，之后又原路返回。

2018年这个国庆，我没有向古路"走"去，我双脚并拢，像生了根。但我同古路的距离在一点点缩短，从七百五十米变成七百米，变成六百米、五百米、四百米、三百米……

咕噜，咕噜。那是滑轮与绳索在亲密接触，那是今天与昨天在窃窃私语。

咕噜，咕噜。一线天两侧的危崖从眼前经过。时间深处的咕噜岩从眼前经过。背着洋芋的十八岁的兰绍安在眼前奔跑，下沉，消失。三百八十斤重的柴油机在一副肩膀上垂直上升。黄安洪和一匹马在初通的骡马道上对峙……短短三分钟里,索道向古路驶去,古路向我靠近的三分钟里,许许多多的面孔带着他们的往事来到我的眼前,他们汗透衣衫,他们青筋鼓胀,他们眼含悲苦,他们面色凝重……

看到黑就理解了白,触碰到冷就怀想起热。看见过去,也就理解了现在。

近了,更近了。当轿厢在站房停稳,我的眼前,出现了更多的面孔:有老者,有孩童;有村民,有游客。

他们向我报以微笑。

他们从远方来,或者准备去往远方。

我还会回来的

代后记

为什么总是往农村里跑？朋友这么问，言下之意，目光"总是"落在农村，视野未免狭隘，而生活是何其雄壮广阔，一个写作者理想的状态是把格局打开。

这时候才发现，从一开始到现在，我时断时续的业余写作竟已有十二年之久。而且真的如他所说，这么多年来，我的笔触几乎都停驻于农村，即使偶尔离开，也只是如同到田边喝了一口茶，偷了一会儿懒，终是又站回了田间地头。下地要干活，要看庄稼长势，要讲收成。我的耕作说不上勤勉，田地里菜果稀疏，自然也谈不上有什么让人满意的获得。但是既然挽起裤脚，扛起锄头，出了院门，这一天、这一季、这一年、这些个日子的去向总得有个交代，哪怕只浇得薄地半亩，只摘了仨瓜俩枣，不必非要等到秋后，该划拉的算盘珠子还得划拉两把。

我从大地上抓回，和文字糅合在一起的第一把土，来自大凉山上二坪村。李桂林和陆建芬误打误撞去那里教书，把他俩甚至两个儿子的命运同一个毫不相干的村庄、一所停办多年的学校嫁接在一起，偌大的中国为之感动。作为乡党，那时也还算是名副其实的热血青年的我翻山越岭去给他们献花，不过只是为了给奔突在肺腑间的敬意找寻一个出口。去了才发现，一束花的保鲜期相对于他们长年累月的坚守，是一粒沙面对一条河、一棵草致意一座山的虚妄轻佻。是他们内心的丰饶感染了我，是二坪村肉眼可见的变化鼓舞着我，十二年间，我七赴二坪采访，为夫妇俩也为他们扎根其间的凉山厚土，写下长长短短的篇什。

二坪之行是时间上的长路，关注芦山地震灾区则是命运里的深蹲。这里的"命运"指向他者，他们中的绝大多数居于乡村。从废墟上站起，在灾难中重生，我的所听所见所写，故事都生成在这根藤上。然而正如一棵大树除了主干还有分枝，他们曾经的忧郁、愁苦和盼望，同样是我不敢忽视的部分。除此之外，自那时始，我已在自觉和不自觉间，在能否脱贫、何以脱贫的视角之下，观照他们共同面对的命运，和作为个体，在命运河流中的沉浮。当然不是我有什么先见之明，而是早在2015年底，国家已就脱贫攻坚做出了明确安排，而"三年基本完成、五年整体跨越、七年同步小康"的重建目标中的最后一句，更是与脱贫攻坚的进程设计无缝衔接。地震发生不久后的第一次采访，以及时隔三年的重访，我都在芦山灾区盘桓数月之久。两次深蹲写下两本小书、若干短文，由此，更多是出于自我安慰与自我激励，我勉强确认了自己作为一个业余写作者的身份。

正是这样一种无关职业的身份认同,驱动着我一次又一次向古路出发。作为一个悬崖上的村庄,在广袤中国的广袤农村,古路是一个极其平凡又极其特殊的存在。立足它的平凡,照顾它的特殊,记录下它脱贫进程中的艰辛曲折,刻画下它嬗变后的身姿和表情,也就由一个幽狭的通道进入了一个历史的现场。有了这样的憬悟,悬崖上的路不再漫长,与村民的共处日日新鲜;有了这样的憬悟,高密度造访古路两年之后,我根本停不下来的双脚又一次向着二坪出发,也就显得自然而然。李桂林和陆建芬是我重访的对象,而我所要聚焦的,不再只是夫妻二人。精准扶贫的大幕刚刚收拢,乡村振兴的图景又要展开,时代的洪流剧烈地冲刷着乡村的堤岸。旧的还没有完全刷新,新的既充满诱惑,又因盲盒似的未知和不确定性,带来更多光和希望,带来躁动与不安。在这样的时间交会之处,在这样一个有着清晰且深刻的故事主题的乡村幕景上,正在发生的和即将发生的,于我,是无法压制的诱惑。

说到诱惑,我想起这些年来,我的足迹并不只停留于如上几处,而是分布在更为宽广的乡里村间。我去了达瓦更扎,一个与天齐高的地方。村支书杨朝军垫资百万修筑村道,村道通向牧场,也通向村民让日子如牛奶飘香的美好愿景。我去了夹金山下的雪山村。村姑田姐别具慧眼开民宿,让一个名不见经传的小山村成为网红打卡地。我去了大渡河畔的石棉县。从1989年开始,牙科医生杨仕成捐资近两百万元,无偿资助品学兼优的农村困难学生三四百名。我去了被无边果园包围起来的梨园乡大地村。王天兵曾经穷得叮当响，但如今，他和村民们日子过得如同亲手种下的糖心红富士。我去了窑火熊熊复熊熊的古城村。黑砂重光，不光是手艺人的信心回归，也是文化和乡村共生关系的重新梳理。我去了浴火重生的北川县。驻村干部和帮扶企业一开始是"猫和老鼠"，到后来则成了"鱼和水"，关系转折处，见证情和义。我去了咖啡飘香的南海之滨。在那里，我看到科技之光照耀田野，看到枝头的果实如心房颤动……

是的，我还没有回答朋友，为什么总是往农村里跑？然而，或许，我又已经回答了。一场震古烁今的大戏正在上演，生旦净末，说学逗唱，主题的宏伟，情节的繁茂，节奏的激越，角色的隽拔，舞台的宽绰，让如同一粒细沙的你，很难不随情感的洪峰奔涌。这却不是此情此景下的乡村对我制造出难以抗拒的吸引的根由所在。真正的诱惑来自血液源头，来自遗传基因，来自一个人对于来路的感恩，对于故土的怀念，来自并非人所独有的共情能力的鞭策。刚才，谈到二坪之行，我曾借树作喻。现在，靠在那棵树上，我为纷繁堪比枝叶的情绪赋形：一棵长在乡间的树，枝杈伸过了田坎，它仍是一棵长在乡间的树。就算田坎另侧还是乡间，被风吹到空中，飘进城市，扑腾在红绿灯下人行道上的树叶，究其本质，依然是一颗来自乡间的灵魂。种在高楼写字间精致器皿里的树和草又怎样，它们自身，或者往上三代，仍然是乡土发出的芽，乡音抖落的尘。

写到这里，2021年的最后一天，如果是一块地，身处其间的我，已然退到了田坎边缘。此时，距离2022年的春节只有最后一个月，浩浩荡荡的返乡大军，已经在过往的记忆里挤满归程。我往乡村里跑，和返乡大军的回家，当然有很大不同。而所谓不同，无非他们更有仪式感而我不辨时序，他们直奔老家而我朝此暮彼。终归到底，乡村养育了过去的我们，还将给未来的我们提供不可断绝的物质与精神。我们回乡，在补给和求索，也是补偿和回馈。

这些年从乡村带回的非虚构故事，我按体态胖瘦收进两个集子，短篇合集《乡村里的中国》承蒙四川人民出版社嘉勉，中篇合集《翻山记》幸得四川文艺出版社厚爱。这些文字先后发表在报纸副刊和文学期刊，它们在另一个时空的聚首让我想到，正月里，远远近近回乡的伙伴，亲亲热热地坐了两桌。

我托桌上人们给朋友一个庄重的回答，也请他们为自己十二年的乡村之行做一个盘点。而我，和他们一样，已经在不知不觉之中，成了中国乡村发展史上极其重要的一个篇章的书写者和见证人。

我还会回来的。不久之后，以及最后。